U0007988

Goosebumps®

Goosebumps®

Goosebumps®

雞皮疙瘩 18

許願請小心

Be Careful What You Wish For...

R.L. 史坦恩（**R.L.STINE**）◎著

柯清心◎譯

致台灣讀者

讀者們，請小心……

我是R．L．史坦恩，歡迎到「雞皮疙瘩」的可怕世界裡來。

你是否曾在深夜裡聽到過奇怪的嚎叫？你是否曾在黑暗中聽到腳步聲——卻根本看不到人？你是否見過神祕可怖的陰影，幽幽暗處有眼睛在窺視著你，或者身後有聲音叫你的名字？

如果是這樣，你應該了解那種奇特的發麻的感覺——那種給你一身雞皮疙瘩、被嚇呆的感覺。

在這些書裡，幽靈在閣樓上竊竊低語；膽顫心驚的孩子忽而隱形；稻草人活了，在田野裡走來走去；木偶和布娃娃也有生命，到處嚇人。

當然，這些都是磨礪心志的好玩的嚇人事。我希望你們感到害怕，同時也希望你們大笑。這都是想像出來的故事。當然，最可怕的地方在你們自己心裡。

過個害怕的一天吧！

RL Stine

出版緣起

人生從奇幻冒險開始

何飛鵬
城邦媒體集團首席執行長

我的八到十二歲是在《三劍客》、《基度山恩仇記》、《乞丐王子》中度過的。可是現在的小孩有更新奇的玩具、電玩、漫畫，以及迪士尼樂園等。

八到十二歲，正是孩子從字數極少、以圖畫爲主的繪本閱讀，跨越到漸漸以文字閱讀爲主的時期。也正是訓練孩子從圖像式思考，轉變成文字思考的重要階段。在這個階段，養成長期的文字閱讀習慣，能培養孩子敘事、分析、推理的邏輯思辨能力，奠定良好的寫作實力與數理學力基礎。

然而，現在的父母擔心，大環境造成了習於圖像、不擅思考、討厭文字的一代。什麼力量能讓孩子重回閱讀的懷抱呢？

全球銷售三億五千萬冊的「雞皮疙瘩」，正是爲了滿足此一年齡層的孩子的需求而誕生的！

無論是校園怪奇傳說、墓地探險、鬼屋驚魂，或是與木乃伊、外星人、幽靈、吸血鬼、殭屍、怪物、精靈、傀儡相遇過招，這些孩子們的腦袋裡經常出現的角色或想像，經由作者的生花妙筆，營造出一個個讓孩子們縱橫馳騁的魔幻時空、光怪陸離的神奇異界，經歷各種危急險難，最終卻又能安全地化險爲夷。這樣的冒險犯難，無論男孩女孩，無不拍案稱奇、心怡神醉！

本系列作品被譯爲三十二種語言版本，並在全球數十個國家出版，創下了出版史上多項的輝煌紀錄，廣受世界各地孩子的喜愛。作者史坦恩表示，這套作品之所以成功，是因爲多年的兒童雜誌編輯工作，讓他對兒童心理和兒童閱讀需求有了深刻理解——他知道什麼能逗兒童發笑，什麼能使他們戰慄。

我們誠摯地希望臺灣的孩子也能和世界上其他的孩子一樣，有更豐富多元的閱讀選擇。更希望藉由這套融合驚險恐怖與滑稽幽默於一爐，情節緊湊又緊張的「雞皮疙瘩系列叢書」，重拾八到十二歲孩子的閱讀興趣，從而建立他們的閱讀習慣，擁有一個快樂學習的童年。

現在，我們一起繫好安全帶，放膽體驗前所未有的驚異奇航吧！

專文推薦

戰慄娛人的鬼故事

國立臺北教育大學語文與創作系兒童文學教授 廖卓成

這套書很適合愛看鬼故事的讀者。

文學的趣味不止一端，莞爾會心是趣味，熱鬧誇張是趣味，刺激驚悚也是趣味。有人擔心鬼故事助長迷信，其實古典小說中，也有志怪小說一類，《聊齋誌異》就有不少鬼故事。何況，這套書的作者開宗明義的說：「這都是想像出來的故事」，不必當眞。

既然恐怖電影可以看，看鬼故事似乎也無妨；考試的書讀久了，偶爾調劑一下，對頭腦卻是有益。當然，如果看鬼片會連續失眠，妨害日常生活，那就不宜勉強了。

雋永的文學作品，應該有深刻的內涵；但不少兒童文學作品說教有餘，趣味不足。只要有趣味，而且不是害人爲樂的惡趣，就是好的作品。鮑姆（Baum）在《綠野仙蹤》的序言裡，挑明了他寫書就是爲了娛樂讀者。

倒是內行的讀者，不妨考校一下自己的功力，留意這套書的敘事技巧，由主角「我」來講故事，有甚麼效果？書中衝突的設計與化解，是否意想不到又合情合理？能不能有不同的設計？會不會更好？這是另一種引人入勝之處。

導讀

結局只是另一場驚嚇的開始

耿一偉
臺北藝術節藝術總監
臺北藝術大學戲劇系兼任助理教授

不知道大家還記不記得，小時候玩遊戲，比如捉迷藏等，都會有一個人要當鬼。鬼在這個遊戲中很重要，沒有鬼來捉人，遊戲就不好玩。這些遊戲的關鍵特色，不是人要去消滅鬼，而是要去享受人被鬼追的刺激樂趣。所以當鬼捉到人後，不是遊戲就結束，而是下一個人要去當鬼。於是，當鬼反而是件苦差事，因爲捉人沒有樂趣，恨不得趕快找人來替代。所以遊戲不能沒有鬼，不然這個遊戲就不好玩了。

在史坦恩的「雞皮疙瘩系列」中，這些鬼所扮演的角色也是類似遊戲中的鬼，給我帶來閱讀與想像的刺激。各位讀者如果留意一下，會發現在他的小說中，都有一個類似的現象，就是結局往往不是一個對抗式的終局，一種善惡誓不兩立，以消滅魔鬼爲最終目標的故事——這比較是屬於成人恐怖片的模式，不是你死，就是人類全部變殭屍。但「雞皮疙瘩系列」中，你的雞皮疙瘩起來了，可是結尾的時候，鬼並不是死了，而是類似遊戲一樣，這些鬼換了另一種角色，而且有下一場遊戲又要繼續開始的感覺。

礙於閱讀的樂趣，我無法在此對故事結局說太多，但各位看完小說時，可以再回想我在這裡說的，就知道，「雞皮疙瘩系列」跟遊戲之間，的確有類似性。換另一個角度來看，這些主角大多為青少年，他們在生活中碰到的問題，如搬家面對新環境、男生女生的尷尬期、霸凌、友誼等，都在故事過程一一碰觸。

「雞皮疙瘩系列」令人愛不釋手的原因，也在於表面上好像主角是鬼，但讀到一半，你會感覺到，故事的重點不知不覺地從這些鬼怪轉移到那些被追的青少年身上，鬼可不可怕不是重點，重點是被追的過程中，一些青少年生活中的苦悶，也被突顯放大，甚至在故事中被解決了。所以你會在某種程度感受到，這本書的內容是在講你，在講你的生活，在講你的世界，鬼的出現，只是把這些青春期的事件給激化了。

另一個有趣的現象，是從日常生活轉入魔幻世界的關鍵點，往往發生在父母不在身邊，然後主角闖入不熟識空間的時候——比如《魔血》是主角暫住到姑婆家、《吸血鬼的鬼氣》是闖入地下室的祕道、《我的新家是鬼屋》是新家的詭異房間……等等。

因爲誤闖這些空間，奇怪的靈異事件開始打斷平凡無趣的日常軌道，一段冒險展開了，一場你追我跑的遊戲開始進行，而父母們往往對此毫無所悉，不知道自己的兒女在故事結束時，已經有所變化，變得更負責任，更勇敢。

「雞皮疙瘩系列」的意義，也在這個地方。在平凡無奇充滿壓力的青春期校園生活中，有那麼多不快樂、有那麼多鬼怪現象在生活中困擾著我們，但這無法跟家長說，因爲他們不能理解，他們看不到我們看到的。但透過閱讀，透過想像力所引發的鬼捉人遊戲，這些不滿被發洩，這些被學校所壓抑的精力被釋放了。

幸好有這些鬼怪的陪伴，日子不再那麼無聊，世界可以靠自己的力量改變。

終究，在青少年的世界裡，鬼怪並不是那麼可怕，在史坦恩的小說中，也往往會有主角最後拯救了這些鬼怪的情形，彷彿他們不是惡鬼，而比較像誤闖人類世界的外星人……這也是青少年的焦慮，他們正準備降臨成人世界，這件事讓他們起了雞皮疙瘩!!

這句英文怎麼說

本人的字實在寫得不怎麼工整。
I'm not the neatest writer in the world.

1.

上數學課時，茱蒂斯．貝伍故意將我絆倒。

我看見她把穿著白球鞋的腳伸到了走道上，可惜硬是晚了一步。

當時我拿著筆記，正要走到黑板那寫數學題，眼睛直盯著自己筆記本上的鬼畫符——本人的字實在寫得不怎麼工整。

我還來不及停下腳步，就看到白球鞋伸出來了。我一絆，整個人連手帶腳往地上趴，手肘和膝蓋結結實實的撞在地上。筆記本裡的紙當然也全都掉出來了，散得到處都是。

班上同學覺得這實在太爆笑了，看到我掙扎著站起來時，每個人都笑成一團，茱蒂斯和她的死黨安娜．佛斯特笑得尤其誇張。

我撞到肘骨，渾身痛到不行，等我站起來，彎身去撿筆記紙時，我知道自己的臉一定紅得跟番茄一樣。

「動作好美呀，莎曼莎！」安娜說著，臉上露出不懷好意的笑容。

「再來一個！」有人叫道。

我抬眼瞄到茱蒂斯眼裡閃著勝利的光芒。

姑娘我是七年級中最高的女生，不對，更正一下，在下是七年級生中最高的學生，至少比我的朋友柯里·畢林高了五、六公分，而柯里是本屆最高的男生。

我也是最笨手笨腳的高個子，跌過的跤不計其數。我的意思是，我雖然又高又瘦，卻毫無優雅可言。眞的，我一點玉樹臨風的樣子也沒有。

可是爲什麼當我絆到垃圾桶、在餐廳打翻餐盤，或在數學課絆到某人的腳時，會造成這麼大的轟動呢？

因爲茱蒂斯和安娜很惡毒，道理就這麼簡單。

我知道這兩個女生背後喊我「鸛鳥」，這是柯里跟我說的。

而且茱蒂斯老取笑我的姓，伯勞——莎曼莎·伯勞。「伯勞，妳怎麼還不飛

這句英文怎麼說

柯里說，茱蒂斯只是在嫉妒我而已。
Cory says that Judith is just jealous of me.

走啊，伯勞！」她總是這樣對我說，然後那兩個女生就像聽到全世界最好笑的笑話一樣，笑得花枝亂顫。

「妳爲什麼不飛走呀，伯勞！」

哈，哈，很好笑。

柯里說，茱蒂斯只是在嫉妒我而已。不過這說不通嘛，我的意思是，她有什麼好吃味的？茱蒂斯又不比我高，她身高一百五十公分，十二歲的標準身材，而且又有氣質，運動細胞一流，加上長得美，皮膚白嫩，有對綠色的大眼睛，還有一頭披肩的黃銅色卷髮。

她有什麼好嫉妒的？我想柯里只是在安慰我而已——可惜手法太過粗糙。

總之，我把紙張收好，塞回筆記本裡。莎朗問我還好嗎？（莎朗是我的老師，在曼特斯中學，大家都直呼老師的名字。）

我的手肘雖然痛得要命，還是低聲說沒事，然後把題目抄到黑板上。粉筆在黑板上發出吱吱的尖聲，大家都嘀嘀咕咕的抱怨。沒辦法呀，我每次寫黑板，粉筆都會這樣。

反正又不是什麼大不了的事——對吧？

我聽到茱蒂斯低聲跟安娜說我的壞話，但聽不清內容。我抬起眼，瞄到她們倆正在對我竊竊發笑。

大家都知道了——我不會算這道題。我的算式有錯，但我不知道錯在何處。

莎朗站在我的背後，一對乾瘦的手臂交放在醜陋的黃綠色毛衣前。她動了動嘴唇，讀著我寫的算式，試圖找出錯誤。

當然啦，接著茱蒂斯舉手喊道：「我知道錯在哪裡了，莎朗。伯勞加錯了，四加二等於六，不是五。」

我的臉又紅了。

茱蒂斯可眞好心，好心到非當著全班面指出我的錯不可。

大家再度一片鬨笑，就連莎朗也忍俊不住。

而我卻得站在臺上，供大家嘲笑。莎曼莎，你這個班上的驢蛋，超級大白癡！

我顫著手擦掉自己那個愚不可及的錯誤，把正確數字寫下來。

我實在快氣炸了，我氣茱蒂斯，也氣我自己。

這句英文怎麼說

我知道錯在哪裡了！
I see the problem.

不過我沒發作，我小心翼翼的走回自己的座位，經過茱蒂斯身邊時，連瞄都沒瞄她一眼。

我一直按捺心中的怒氣，直到下午上家政課時。

當時情況變得很難看。

2.

黛菲是我們的家政課老師，我很喜歡她。她體型肥碩，個性開朗，下巴層層疊疊的，而且超幽默。

有人謠傳說，黛菲老是在課上教我們烤蛋糕、派餅，和巧克力鬆糕，是爲了等我們離開教室後自己留著吃。

我覺得這種話滿毒的，不過也許有點眞實性。

我們一吃完午餐就上家政課了，所以大家向來不餓，反正我們做出來的東西，大多連狗都懶得吃，因此幾乎全數留在家政教室裡。

我一向期待上家政課，部分原因在於黛菲是個很有趣的老師，還有一個原因是，這堂課沒有作業。

這句英文怎麼說

四加二是多少？
What's four plus two?

家政課唯一的缺點就是茱蒂斯也選修了。

茱蒂斯和我在餐廳裡起了一點口角，我坐到桌子另一頭，儘可能離她遠遠的，可是我還是聽得見她告訴兩個八年級生說：「伯勞上數學課時差點飛起來。」

每個人都盯著我大笑。

「是妳把我絆倒的，茱蒂斯！」我氣得大吼。我嘴裡全是蛋沙拉，這麼一叫，沙拉就噴到下巴上了。

大家再次衝著我大笑。

茱蒂斯不知又說了些什麼，餐廳裡太吵了，我聽不清楚。她對著我傻笑，然後將一頭紅髮甩到肩後。

我站起身，打算朝她走過去。其實我並不清楚自己想做什麼，但我真的快氣昏了。

幸好柯里在桌子對面即時出現，他把餐盤放到桌上，跟平時一樣的把椅子反轉過來，然後一屁股坐下。

「四加二是多少？」他開玩笑的說。

「四十二啦！」我翻翻白眼回答說，「你相信茱蒂斯做的好事嗎？」我苦著臉問。

「當然相信啦！」柯里邊說邊打開棕色的午餐袋，「茱蒂斯就是茱蒂斯嘛。」

「你這話什麼意思？」我歪頭問。

柯里聳聳肩，笑笑說，「不知道。」

柯里滿可愛的，有對深棕色的眼睛，眼尾要皺不皺，鼻子稍長，而且笑起來有點賊賊賤賤的。

柯里的髮型很好看，可是從來不梳，所以他從不脫帽子。那是一頂奧蘭多魔術隊的棒球帽，其實柯里對那個球隊並不熟，或許根本就不在乎，他只是單純的喜歡那頂帽子罷了。

柯里朝午餐袋裡看了一眼，然後扮扮鬼臉。

「又是一樣的嗎？」我問，一邊拿餐巾紙把T恤上的蛋沙拉撥掉。

「是啊，一模一樣。」他咕噥說。柯里把他老爸每早爲他準備的，百年如一日的午餐拿出來——烤起司三明治和一顆柳橙。「噁心！」

這句英文怎麼說

你會惹麻煩的。
You'll get into trouble.

「你爸爲什麼每天幫你帶烤起司三明治？」我問，「難道你沒告訴他，烤起司到了中午早就冷掉，糊成一團了嗎？」

「我跟他說過了，」柯里呻吟著拿起半塊三明治，把它當實驗室樣品似的檢視一番。「他說這種蛋白質很棒。」

「如果你每天都丟到垃圾桶裡，再棒又有什麼用？」我問。

柯里又露出一臉賊笑，「我又沒告訴他，我每天都扔到垃圾桶裡。」他把橡膠似的三明治塞回袋子裡，然後開始剝柳橙皮。

「幸好你來了，」我把最後一口蛋沙拉三明治吞下去，說，「我正想走過去把茱蒂斯宰掉。」

我們兩個一起瞥了桌底下一眼，茱蒂斯和兩個八年級生把椅子往後頂，正在說說笑笑。其中一個八年級生拿了一本雜誌——好像是《時人》——翻出裡頭的照片給另外兩人看。

「別把茱蒂斯宰了，」柯里建議說，手上一邊剝著柳橙，「妳會惹麻煩的！」

我頗爲不屑的大笑出聲，「愛說笑？我會因此得獎的。」

「如果妳殺了茱蒂斯，你們籃球隊就甭想贏球了。」柯里專心的剝著柳橙說。

「噢，好殘酷哦！」我叫道。我把揉成一團的錫箔紙丟到柯里身上，錫箔紙球從他胸口彈開，掉到地上去了。

柯里說的當然沒錯，茱蒂斯是我們曼特斯野馬隊的籃球主將，也是唯一的戰將。她運球有如神助，不會絆到腳，而且射球奇準。

我呢，當然是球隊裡最差的一個了。

我承認自己非常的笨手笨腳，所以在籃球場上自然很難有所表現。

我其實根本不想加入野馬隊，因爲我很有自知之明。

可是艾倫堅持啊。艾倫是女籃隊教練，她堅持要我加入。

「莎曼，妳長得那麼高！」她告訴我說，「妳一定得打籃球，妳天生就是要打籃球的！」

是喲，天生的，天生的笨手笨腳。

我根本不會射籃，連罰球都不會，罰球尤其射不準。

而且我連跑步都會絆到自己的球鞋，加上我的手掌很小——雖然本人其他部

這句英文怎麼說

你在想什麼？
What are you thinking about?

分都很巨大——所以連傳球、接球都不行。

我想艾倫得到教訓了：高，並不代表一切。

不過現在她已經沒臉把我踢出球隊了，所以我還是賴在隊上，努力練球。我的意思是，我努力以爲自己球技會進步，反正我已經打得不能再爛了。

眞希望茱蒂斯沒那麼厲害。

如果她能對我好一點就好了。

可是，就像柯里說的，「茱蒂斯就是茱蒂斯。」她總是在練球時對我大吼大叫，嘲笑我，讓我自覺矮個一大截（這點我倒希望是眞的）！

「伯勞，妳饒了我們，飛開去好不好！」

如果她敢再說一次，我就揍扁她，我眞的會。

「妳在想什麼，莎曼？」柯里的聲音打斷了我的愁緒。

「當然是在想茱蒂斯囉，」我喃喃的對柯里說，「零缺點小姐。」

「嘿，別再想了，」他說。柯里掰開柳橙，「妳知道嗎，妳也有很多優點哩！」

「噢，眞的嗎？」我打斷他說，「我的優點是什麼？我很高嗎？」

「不是。」柯里終於把柳橙塞進嘴裡了，我從沒看過有人吃柳橙要花這麼久時間的！

「妳很聰明，」他說，「而且很有趣。」

「謝啦。」我皺著眉頭回答。

「還有妳心腸很好，」他補充說，「妳是這麼的好心，所以要把那袋洋芋片給我，對不對？」我還來不及動作，柯里已經一把將洋芋片奪過去了。

我就知道他不會無緣無故說我好話。

看著柯里大口吃著我的洋芋片，這小子竟然連一片都沒留給我。

接著鈴聲響了，我匆匆趕回家政教室。

我就是在家政課上大發雷霆的。

以下是發生經過：

大夥正在做木薯布丁，教室裡弄得亂七八糟的。

大家都拿著橘色的大調理碗，材料全擺在爐子邊的長桌上。

我正忙著在自己的碗裡攪拌，布丁糊拌得很好，很稠，我拿著長長的木湯匙

這句英文怎麼說

她假裝絆了一下。
She pretended to trip.

攪動時，還發出啵啵的聲音。

不知怎的，我的手變得很黏，也許是沾到布丁液了吧，所以我便停下來，在圍兜兒上擦著。

就我而言，這回還算弄得滿乾淨的。我的桌上只滴了幾小坨布丁液而已，其他則都還留在碗裡。

拌完後，我一抬頭，就看到了茱蒂斯。

我有點訝異，因爲她原本在教室另一端的窗邊工作，通常我們會儘可能的離對方遠點。

茱蒂斯臉上帶著詭異的笑容向我走來，接著她假裝絆了一下。

我發誓，她是裝出來的！

她把整碗布丁液都潑到我鞋子上了！我那雙全新的藍色馬汀大夫鞋（註）啊！

「唉喲！」她說。

只有這樣，只說了「唉喲」兩個字而已。

我低頭看著那雙沾滿黃色黏糊的新鞋，再也按捺不住了。

我怒吼一聲，一把掐住茱蒂斯的咽喉。

我不是故意或預謀的，想必是一時衝動吧。

我兩手一伸，勒住茱蒂斯喉嚨，開始用力的掐。

拜託，那是雙全新的鞋耶！

茱蒂斯奮力想要掙脫，她發出一聲悶叫。她抓住我的頭髮，拚命想抓我。

可是我怎麼也不肯鬆手，像隻憤怒的老虎一樣低聲吼叫。

黛菲只得將我們兩個拉開。

她推開我的肩膀，把她龐大的身軀橫到我們中間擋住，不讓兩個人互看。

我大聲喘著氣，胸口起伏不定。

「莎曼莎！莎曼莎！妳在做什麼？」黛菲好像是這麼叫的。

我聽不清她在叫什麼，只覺耳朵裡轟轟作響，喧騰有如瀑布。我想是心中的怒氣使然吧。

我還來不及搞清狀況，便衝出教室了。我衝到空蕩蕩的走廊上——然後停下腳步。

我不知道接下來要怎麼辦，我實在太氣了。

我告訴自己，如果我能有三個願望，我知道該怎麼許願：消滅茱蒂斯！消滅茱蒂斯！消滅茱蒂斯！

我並不知道自己的願望很快便將實現。

三個願望都是。

這句英文怎麼說

那是雙全新的鞋耶！
They were brand-new shoes!

註：Dr. Martens，休閒球鞋商標名稱。

3.

黛菲把我強拉回教室後，要我和茱蒂斯相互握手致歉。我不得不這麼做，要不然就得被踢出學校了。

「眞的是意外嘛！」茱蒂斯低聲嘀咕說，「妳到底哪根筋不對了，伯勞？」這算哪門子道歉。

不過我畢竟是跟她握手言和了，我才不要學校因爲做女兒的想掐扁同學，而把爸媽召到學校。

放學後，我心不甘情不願的出席練球。我知道自己若不去，茱蒂斯會告訴大家，是她把我嚇跑的。

我去，是因爲知道茱蒂斯不希望我去。

這句英文怎麼說

痛楚立時傳遍我的全身。
The pain shot through my entire body.

沒辦法呼吸了。

所有東西都變紅了，微微發亮的豔紅色。

接著一切轉黑。

我知道自己快死了。

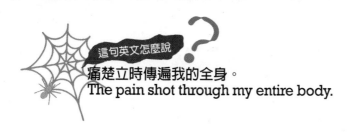

4.

不能呼吸眞的是世界上最痛苦的事，實在有夠恐怖。你拚命想吸氣，卻吸不到氣。然後痛楚越來越烈，就像胸口裡有顆氣球越脹越大一樣。

我眞的以爲自己掛了。

當然了，幾分鐘後我又沒事了。我還是站不太穩，有點昏，不過基本上我沒事了。

艾倫堅持要一名隊友送我去更衣室，茱蒂斯當然自告奮勇了。她在途中向我道歉，說那是意外，純粹的一場意外。

我沒說什麼，我不希望她道歉，我根本不想跟這個女的說話，我只想再勒她一次。

這句英文怎麼說

我真的以為自己掛了。
I really thought I was dead meat.

而且這回非勒扁她不可。

我的意思是，人能在一天內承受多少東西？茱蒂斯在數學課上將我絆倒，家政課時把她那碗噁心的布丁倒在我的新鞋上，練籃球時，又把我踢到掛。難不成現在我還得陪著笑臉接受她的道歉？門兒都沒有！八輩子都甭想。

我默默拖著步子來到更衣室，垂著頭，眼盯著地面。

當茱蒂斯發現本姑娘並不理會她假惺惺的致歉後，竟然發火了。你相信嗎？用膝蓋撞我的人是她耶，而她竟然生氣了！

「妳爲什麼不飛走算了，伯勞！」她喃喃道，然後掉頭跑回體育館了。

我沒沖澡就換衣服了，然後收拾自己的東西，逃出體育館，騎上我的腳踏車。

我推著車穿越學校後邊的停車場，心想，這眞的是最後一次了。別想再這樣對我了。

大約半小時後，傍晚的天空變得十分陰灰，我覺得有幾小滴雨珠落在我頭上。

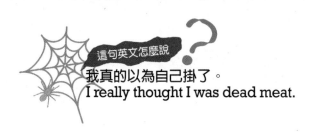

最後一次了。我對自己重述說。

我家就在學校兩條街外，但我不想回去，只想繼續騎車，直直的向前騎，再也不回來了。

我又氣又惱又虛弱，但主要還是氣不過。

無視於滴落的雨水，我爬上腳踏車，開始往離家的方向騎去。各家的前院和屋舍自眼前呼嘯而過，我卻視而不見，我什麼也看不見。

我越踩越帶勁。

離開學校眞好，離開茱蒂斯眞好。

雨勢開始變大了，但我不在乎。我邊踩著車，邊仰臉迎向天際，清涼的雨水打在我火燙的皮膚上，感覺份外舒爽。

我垂眼一看，發現自己已經來到傑佛林了，這是將我們家這一帶跟鄰區分隔開來的長片樹林。

高聳的老林之間，有一條狹窄的自行車道。冬季時分，林葉全掉光了，看起來有點蒼涼。有時我會跑來騎這條車道，看看自己能在顛簸多彎路的小道上騎多

這句英文怎麼說

我心想，最好還是掉頭騎回家吧。
I decided I'd better turn around and ride home.

快。

然而天色開始轉黑，烏雲沉得更低了，樹林上方出現了一道閃光。

我心想，最好還是掉頭騎回家吧。

我一轉頭，便看到有人站在我面前。

一個女人！

我驚喘一聲，在這條無人的林間小路上看到人，著實嚇了我一跳。

我斜瞅著她，雨開始下大了，嘩嘩的落在四周的步道上。女人並不年輕，但也不算老，她有對黑色的眼睛，就像兩塊黑黑的煤炭一樣，鑲在蒼白的臉上，還有一頭濃密的黑髮，垮垮的垂在她身後。

女人的衣服有點過時了，肩上還圍了一條豔紅色的厚羊毛披肩，黑色的裙子長及腳踝。

看到我在瞪她，女人的黑眼睛似乎也跟著發亮。

她看起來很困惑。

我應該跑開的。

我應該儘快從她身邊跑開的。

如果當時我知道的話……

可是我並未走開，也沒有逃走。

反倒是笑著問她：「要我幫忙嗎？」

這句英文怎麼說

我好像迷路了。
I seem to have lost my way.

5.

女人眯起眼睛，看得出她在打量我。

我放下腳，踩在地面，用兩腳平衡車子。

冰涼的雨珠大滴大滴的打在步道上。

我忽然想到自己的防雨夾克是連帽的，便將手伸到後邊，把帽子拉到頭上。

天空暗成一種詭異的褐色，林子裡的禿樹在狂風中瑟瑟發顫。

女人向前走近幾步，我心想，這人好蒼白哦，簡直跟鬼一樣，只見她那對深幽的黑眼睛猛盯著我瞧。

「我——我好像迷路了。」女人說。我訝異的發現，她的聲音既抖又虛，聽起來非常蒼老。

我從帽子下偷偷瞄著她，雨水滲過她濃密的黑髮，淌在她臉上。我根本無法看出她的年齡，她從二十歲到六十歲都有可能！

「這裡是曼特斯大道，」我提高嗓門對女人說，因爲雨聲太大了。「實際上，曼特斯鎮的邊界只到林子這裡而已。」

女人若有所思的點點頭，噘噘發白的嘴。

「我想到麥德遜去，」她說，「我好像完全迷失方向了。」

「妳離麥德遜很遠哪，」我說，「麥德遜在那一頭。」我指道。

女人咬著下唇，「我的方向感通常很好的。」她煩躁的用嘶啞的聲音說，然後整了整瘦肩上的紅色厚披肩。

「麥德遜在東邊。」我邊說邊打了個寒顫。雨好冰啊，我巴不得能回家換上乾爽的衣服。

「妳能帶我過去嗎？」女人抓住我的手腕問道。

我差點叫出聲來，她的手冷得跟冰一樣！

「妳能帶我去那兒嗎？」女人又說，同時把臉湊到我面前，「我會很感激妳

這句英文怎麼說

你能帶我過去嗎？
Can you take me there?

的。」

女人鬆開手，但那股涼意依然停留在我腕上。

我當時爲什麼沒逃開？

爲什麼不抬腳踩著踏板，火速離開那裡？

「沒問題，我告訴妳麥德遜在哪裡吧。」我說。

「謝謝妳，親愛的。」女人微笑道。她笑時臉上有個酒窩，我發現她其實滿漂亮的，有種古典美。

我跨下自行車，扶著車把，開始推車。女人跟在我身邊，整理她的披肩。她走在路中央，盯著我看。

雨繼續下著，我看到遠方褐色的天空再度出現一道閃電，風吹得防雨衣緊貼在我腿上。

「我會走得太快嗎？」我問。

「不會，親愛的，我跟得上。」女人笑著回答。她肩上掛著一個小紫色皮包，她把皮包藏在臂下，以免淋到雨。

她的長裙下是雙黑靴子，我發現靴子兩側有一排小釦子。我們兩人走著，靴子在雨溼的步道上踩出叩叩的響聲。

「很抱歉這麼麻煩妳。」女人懊惱的嘶嘶嘴說。

「沒關係啦！」我回答說。我是在日行一善耶，我心想，一邊擦掉滴在鼻子上的雨水。

「我好喜歡雨哦！」她說，然後抬起手，讓雨滴落在張開的手掌上。「沒有雨的話，還有什麼能將邪惡沖刷掉？」

這話好怪啊！

我虛應回答一聲，心想，她所謂的邪惡指的是什麼啊？

女人的黑長髮已經溼透了，不過她好像不在意。她邁開步子，快速而穩健的走著，一邊擺動單隻手，另一手則緊緊保護著紫皮包。

走了幾條街後，車把在我手中一滑，腳踏車歪過去，我想去扶車，膝蓋卻被踏板刮到。

我怎麼這麼笨手笨腳啊！

這句英文怎麼說

我們快到了。
We're almost there.

我扶起車子，又推著車走。我的膝蓋痛死了，我打著哆嗦，風將雨吹到我的臉上。

我在外面做什麼呀？我問自己。

女人一直走得很快，表情若有所思。「雨滿大的，」她望著烏黑的雲層說，「妳心腸實在太好了，親愛的。」

「反正不會太遠。」我客氣的答道，只有八或十條街口的距離而已！

「真不知道我怎麼會走失這麼遠的距離，」她搖著頭說，「我確信自己的方向沒錯，後來當我走到樹林裡……」

「我們快到了。」我說。

「妳叫什麼名字？」女人突然問。

「莎曼莎，」我告訴她說，「不過大家都叫我莎曼。」

「我叫卡麗莎，」女人表示，「我是水晶女。」

我不確定她最後講的是什麼，我沒聽懂，但也不想追究。

天色已經很晚了，爸媽一定下班回家了，就算他們還沒到家，我哥朗恩說不定也到了，正在猜他老妹跑哪兒去了。

一部休旅車朝我們駛來，車前燈是亮的，我用手擋住眼睛上的強光，差點又沒把車扶好。

女人還是走在路中央，我朝路邊走過去，以免她擋到休旅車的路。可是她似乎不以爲意，繼續直直向前走，表情依然不變，雖然刺眼的車燈已經照到她臉上了。

「小心！」我大叫。

我不知道她聽見了沒？

休旅車一個急轉繞開她，同時大聲按著喇叭。

我們兩人繼續走著，女人對我親切的笑了笑。「妳眞好心，這麼關心陌生人。」她說。

街燈突然亮起來了，潮溼的街道發出了晶光。樹叢、矮木、草地及人行道——所有東西似乎全在發亮，看起來如此的魔幻。

「到了。這裡就是麥德遜。」我指指路標說。

這句英文怎麼說

小心！
Look out!

終於到了！我心想。

我只想跟這個怪阿姨說再見，然後儘速騎車回家。

閃電又來了，這回來得更近。

好鬱卒的一天啊，我嘆著氣想。

接著我想起茱蒂斯了。

所有這悲慘的一天中發生的事，全又掠過我心頭，令我怒不可抑。

「哪邊是東邊？」女人顫抖的聲音打斷我痛苦的思緒。

「東邊？」我望著麥德遜兩邊方向，試圖將茱蒂斯從我腦海裡甩開。我向東方指了指。忽然一陣風颳起，將雨潑在我身上，我抓緊了車把。

「妳實在很善良。」女人說著拉緊自己的披肩。她的黑眼睛緊盯著我，「非常善良，大部分年輕女孩都沒妳這麼好心。」

「謝謝。」我笨拙的回答說，一邊又打起寒顫。

「呃——再見了。」我抬起腳要跨到自行車上。

「不，等一下。」她哀求說，「我希望能報答妳。」

「啊？」我說。「不用了，眞的，妳不必報答我啦！」

「我想報答妳。」女人再次抓住我的手腕說，又是那股懾人的寒氣。

「妳是那麼的好心。」女人一再表示，「對完全不認識的陌生人如此的友善。」

我想要掙開，但她抓得異常堅實，「妳不必謝我。」我說。

「我想報答妳。」女人答道，她把臉湊過來，依舊緊抓住我的手，「這樣吧，我讓妳實現三個願望。」

這句英文怎麼說

我想報答你。
I want to repay you.

6.

她瘋了，我發現。

我望著那對黝黑的眼眸，雨水自她髮上滴落，沿著蒼白的臉龐流下。我感到她手上的陣陣寒氣，直透我的夾克袖子。

這女人瘋了，我心想。

我在大雨裡陪一個瘋子走了二十分鐘的路。

「三個願望。」女人壓低聲音重複道，彷彿不想讓別人聽見。

「不用了，謝謝。我眞的得回去了。」我從她手裡抽回自己的手，然後轉身牽車。

「我讓妳實現三個願望，」女人又說了一遍，「妳許的任何願，都會實現。」

女人把紫皮包拿到面前，小心翼翼的從裡頭掏出一件東西。那是一顆豔紅色的玻璃球，大小跟大葡萄柚一樣。

儘管四周一片漆黑，玻璃球卻依然閃著晶光。

「妳眞好，」我伸出手擦掉椅墊上的水珠說，「不過我現在眞的不想許任何願。」

「拜託妳——讓我回報妳的好心吧。」女人非常堅持。她單手舉起發亮的紅球。女人的手很小，而且跟她的臉一樣蒼白，她的手指十分枯瘦。「我眞的很想報答妳。」

「我——呃——我媽會擔心耶。」我環顧街道說。

路上一個人影也沒有。

萬一惹毛了這個瘋子，沒人能出面保護我。

她到底有多瘋？我實在不清楚。她有危險性嗎？如果我不陪她玩，不肯許願，她會不會動怒？

「我不是在開玩笑，」女人說，她看到我眼底的疑慮了。「我跟妳保證，妳

這句英文怎麼說

你的願望將會實現。
Your wishes will come true.

的願望將會實現。」女人瞇著眼，紅球突然變得更亮了。「許下第一個願吧，莎曼莎。」

我瞪了回去，腦裡拚命思索。我又冷又溼又餓得要命——而且還有點怕。我只想回家把身體弄乾而已。

萬一這女的不放我走呢？

萬一我沒辦法甩掉她？萬一她跟蹤我回家呢？

再一次的，我環顧整條馬路，發現大部分住家的燈都點上了。我想，必要的話，也許我可以跑到最近的一戶人家求救。

不過，也許順著這個瘋女人的意，許個願，事情會更容易些。

或許這樣她就會滿意，放我回家，走她自己的陽關道去了。

「妳的願望是什麼，莎曼莎？」她問。女人的黑眼睛散發著紅光，與她手裡的球發出同色的光芒。

剎時間，女人看來竟非常老邁，像個古人一樣。她的皮膚變得好白好緊，我都以爲自己看得見她皮下的骨頭了。

我僵在那裡。

一個願望也想不出來。

接著我衝口說道：「我的願望是……變成籃球隊裡最強的球員！」

我不知道我爲什麼要那樣說，大概是太緊張了吧。而且經過一整天的風風雨雨，加上最後練球時的那場災難，我心裡一直想著茱蒂斯。

所以啦，那就是我的願望了。當然了，話一出口，我立即覺得自己很無聊。我的意思是，世上可要的東西何其多，有誰會偏偏選這一樣？

可是女人似乎一點也不訝異。

她點點頭，闔眼片刻。紅球的光越來越亮，火般的紅光在我四周奔竄流動，然後片刻間又消失褪盡。

卡麗莎再次向我致謝，轉身將玻璃球放回紫袋子裡，然後很快的走開了。

我鬆了一大口氣，慶幸她走了！

我跳上腳踏車，掉頭拚命往回家的路上騎。

我酸澀的想，今天眞是倒楣到家了。

這句英文怎麼說

我鬆了一大口氣。
I breathed a sigh of relief.

在雨裡陪一個瘋女人走路。
還有那個什麼願望的？
實在太無稽了。
反正，我是不會把這檔子事放在心上的。

7.

晚餐時，我發現自己竟然在想許願的事。

我忘不掉水晶球散發出奇異紅光的景象。

媽要我再幫忙吃一點馬鈴薯泥，可是我不想。

那是速成的馬鈴薯薄片或之類的東西做成的——吃起來根本沒辦法跟真正的馬鈴薯泥相比。

「莎曼，如果妳想長得又高又壯，就得再多吃點。」媽把整碗馬鈴薯泥遞到我眼前。

「媽，我不想再長了！」我大叫，「我都已經比妳高了，而我才十二歲而已！」

「拜託別吼好不好！」爸邊說邊伸手去拿長豆——罐頭長豆。媽很晚才下班，

這句英文怎麼說？

籃球練得還好嗎？
How was basketball practice?

所以沒時間煮頓像樣的飯。

「我十二歲的時候也很高啊！」媽若有所思的說。她把馬鈴薯交給老爸。

「後來妳就縮回來了！」朗恩大叫，然後竊竊發笑。

我老哥自以為很幽默。

「我的意思是，我在我那個年紀算滿高的。」媽說。

「我在我這個年紀算過高的。」我咕噥說，「我對任何年紀的人來說，都算過高！」

「再過幾年妳就不會那麼說了。」媽對我說。

趁媽轉頭的時候，我把手伸到桌底下，餵南瓜吃了幾根長豆。南瓜是我的狗狗，牠是隻小小的棕色雜種狗，什麼都吃。

「還有肉丸子嗎？」爸問。他明知道還有肉丸子，只是想要老媽站起來幫他拿而已。而老媽也就幫他拿了。

「籃球練得還好嗎？」爸問我。

我做了個鬼臉，雙手拇指向下比了比。

「她的身高打籃球太高了啦！」朗恩滿嘴食物，語焉不詳的說。

「打籃球需要體力。」爸說，有時候我眞搞不懂老爸爲什麼講話只講一半。

我的意思是，這樣教人怎麼回話嘛？

我突然想到那個瘋女人，以及我許的願。「喂，朗恩，吃完飯要不要去投籃？」我用叉子刺著盤子上的長豆問。

我們家車庫前有個籃框，還有車道用的照明燈。朗恩和我有時吃完晚飯會去玩鬥牛，放鬆一下，然後再寫功課。

朗恩從餐廳窗口望出去，「雨停了嗎？」

「是啊，停了。」我告訴他，「差不多半小時前就停了。」

「地還是很溼啊！」他說。

「幾小灘水礙不了事的。」我大笑說。

朗恩是籃球高手，天生的運動員，所以當然沒什麼興趣跟本人過招了。他寧可留在自己房間裡念書，任何書都行。

「我作業很多。」朗恩說著把黑框眼鏡推回鼻樑上。

這句英文怎麼說

我們會弄濕的。
We're going to get soaked.

「幾分鐘就好了嘛，」我求他，「只是做點投籃練習而已。」

「幫幫你妹妹吧，」爸說，「你可以指導她一下。」

朗恩勉強同意，「不過只打幾分鐘哦。」他又看看窗外，「我們會弄溼的。」

「我會帶條毛巾。」我笑著說。

「別放南瓜出去，」媽說，「牠會弄溼腳掌，把泥沾到地板上。」

「真不敢相信我們竟然要練球。」朗恩咕噥說。

我知道很蠢，可是我想看看自己的願望有沒有實現。

我會不會突然變成籃球高手？

會不會突然打敗朗恩？

真的把球投到籃框裡？

我運球時能不再絆到腳嗎？能把球傳到我想傳的地方嗎？能否穩穩接住球，不會讓球彈到自己胸口嗎？

我拚命罵自己別去想那個鬼願望。

實在太無聊，太愚蠢了。

我告訴自己，只因爲一個瘋女人說要讓我實現三個願望，並不表示有什麼好特別興奮的，而且還自以爲能立刻變成麥可．喬登！

不過，我還是很期待跟朗恩打球。

我會大吃一驚嗎？

這句英文怎麼說
一點都不好笑。
It wasn't funny.

8.

是的，我的確吃了一大驚。

我的投籃變得更差了。

頭兩次我往籃框投球時，連邊都沒沾到，只得到溼草地上追球。

朗恩大笑說：「妳真的一直都在練球嗎！」他嘲笑我。

我拿溼籃球狠狠撞他肚子。

活該，一點都不好笑。

我好失望啊！

我一再告訴自己，願望是不會實現的，尤其是在雨中亂走的瘋女人讓我許的願。

不過我還是忍不住抱著一絲希望。

我的意思是說，茱蒂斯、安娜和隊上其他女生都對我那麼壞，如果明天對傑佛遜小學的球賽，我能突然變成本隊明星，不知有多棒。明星。

哈——哈！

朗恩把球運到籃下，輕鬆上籃，他接住自己的籃板球，然後將球傳給我。球自我的雙手上頭飛過，落在車道上。我拔腿追著球跑，結果在溼濘的路上滑了一跤，整個人趴進水灘裡。

明星個頭啦！

我打得更爛了！我告訴自己，爛到無以復加！

朗恩將我扶起來，我把身上拍乾淨。

「別忘了，說要打球的人是妳喲！」他說。

我大叫一聲，抓住球，繞過朗恩，瘋狂的朝籃框運球。

我一定要進籃。

這句英文怎麼說

第一個願望沒有成真。
The first wish hadn't come true.

一定要！

可是正當我出手投籃之際，朗恩趕過來，伸手高高一躍，把球拍開了。

「啊——！」

我怒吼一聲，「我眞希望你只有我的膝蓋高！」我大喊說。

朗恩大笑著追球去了。

不過我覺得渾身起了一陣哆嗦。

我剛才到底做了什麼？我問自己，一邊望著漆黑的後院，等著朗恩拾球回來。我剛剛許了第二個願望嗎？

我不是有意的！我告訴自己，胸口的心臟狂亂的跳著，那是意外，不是眞正的願望。

我哥會被我縮成小矮人嗎？

不，不，不。

我一再說著，等待朗恩再度現身。

第一個願望沒有成眞，所以第二個願望也就沒有道理會實現了。

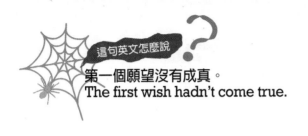

我望著烏黑的院子。

「朗恩，你在哪裡？」

接著看到朗恩從草地上向我奔過來，我倒吸了一口氣——一個小矮人——跟我許的願望一樣！

這句英文怎麼說

你在哪裡？
Where are you?

9.

我僵在那裡動彈不得，渾身冷若石塊。

接著，當那小小的身影從黑暗中走出來時，我忍不住放聲大笑了。

「南瓜！」我喊著，「你是怎麼跑出來的？」

看到南瓜我好開心哪——眞高興跑過草地的不是縮小的朗恩——我抱起小狗，緊緊摟著。

南瓜的腳掌當然全沾上溼泥了，不過我不在乎。

莎曼哪，妳得冷靜一點，我罵自己。

南瓜掙開跑掉了。

妳對朗恩許的願是不可能成眞的，因爲卡麗莎沒有拿著發亮的紅球在場啊。

我告訴自己別再想那三個願望的事了，實在太驢了，而且都快把自己搞成神經病了。

「怎麼回事？牠是怎麼跑出來的？」朗恩拿著球，大喊著從車庫邊走出來。

「八成是偷溜出來的。」我聳聳肩回答。

我們又打了幾分鐘，但外頭又溼又冷，而且一點都不好玩（尤其對我來說）。我連半顆球都沒投進。

最後我們比賽罰球，隨便亂打一場，朗恩輕鬆獲勝，我還是高掛零蛋。

當我們走回屋裡時，朗恩拍拍我的背，「有沒有想過玩點別的無聊活動？」他嘲弄我說，「或者玩一盤紙上遊戲？」

我哀怨的呻吟一聲，突然有股衝動，想告訴朗恩自己為什麼會如此沮喪，我想告訴他那個怪女人及三個願望的事。

我跟爸媽也沒提她的事，因為整件事實在太荒誕了。

不過我覺得朗恩也許會覺得有趣。「我得把今天下午的事跟你說，」在廚房脫溼球鞋時我告訴他，「你一定不相信我遇到什麼，我——」

這句英文怎麼說

怎麼回事？
What's going on?

「等一下吧，」朗恩脫掉溼襪子，塞進球鞋裡，「我得去寫功課了。」

然後他便溜進自己房間了。

我正打算走回房裡，可是電話響了，第一聲鈴響後我便接起電話。是柯里，打電話來問我放學後的籃球隊練球進行如何。

「好得很，」我諷刺的說，「好得不得了。我打得超棒，他們打算要收回本姑娘的球號了。」

「妳根本沒有球號。」柯里故意刺激我。

什麼爛朋友。

第二天下午，茱蒂斯在餐廳裡又想把我絆倒了。不過這回我成功的跨越她伸出來的腿。

我越過茱蒂斯的桌子，找到躲在垃圾桶邊角落裡的柯里。他已經把午餐包好了，臉上看起來非常鬱卒。

「不會又是烤起司吧！」我叫道，然後把自己的午餐袋放到桌上，拉開他對

面的椅子。

「就是烤起司。」他嘀咕說，「妳看看，我覺得這還不是美國起司呢，我覺得我老爸好像在裡面偷塞了一片英國起司。」

我打開盒裝的巧克力牛奶，然後把椅子往前靠。餐廳另一頭，幾個男孩正大聲笑著，來回扔著一個粉紅色頭髮的娃娃。娃娃掉到某人的湯裡，全桌的人立刻笑翻開來。

當我拿起三明治正要咬下時，桌上出現了一片陰影。我知道有人站到我背後了。

「茱蒂斯！」我叫著轉過頭。

她低頭看著我，身上穿了件學校的綠白色厚運動衫，下頭是暗綠色的燈芯絨褲。「放學後妳會來賽球嗎，伯勞？」她冷冷的問。

我放下三明治，「會啊，當然會去。」我回答，不知道她問這做什麼。

「太不幸了，」她皺著眉說，「那表示我們輸定了。」

茱蒂斯的姊妹淘安娜突然出現在她身邊。「妳不能生個病或什麼的嗎？」她

這句英文怎麼說

放學後你會來賽球嗎？
Are you coming to the game after school?

問我。

「喂，你們放過莎曼吧！」柯里生氣的叫道。

「我們真的很想打敗傑佛遜。」安娜不理會他繼續說著，她在臉頰下方塗了深紅色的口紅。安娜的口紅用量，比所有七年級學生加起來都多。

「我會盡量打好。」我咬著牙回答。

她們兩人放聲大笑，好像我說的是笑話，然後就搖著頭走了。

如果我的蠢願望能實現就好了！我難過的想著。

可是我當然知道願望不會成真了。

我知道如果我上場比賽，只會自取其辱。

我完全不知道的是，比賽竟然有著出人意表的結果。

10.

比賽從一開始就很詭異。

傑佛遜隊大多是六年級生，個頭都滿矮的，不過他們訓練有素，進退得法，體力充沛，而且又非常團結。

當她們小跑步到場中央跳球時，我的胃也跟著抽動，覺得身體有如千斤之重。

我實在很怕打這場球，我知道自己一定會弄砸的，而我也知道茱蒂斯和安娜一定會讓我知道自己有多麼笨手笨腳，又如何讓球隊失望。

因此球賽開始時，我真的非常的忐忑不安。當開球的那記跳球拍向我時，我抓住球——同時奮力朝敵隊的籃框運球！

這句英文怎麼說

我實在很怕打這場球。
I was really dreading this game.

幸好安娜抓住我，及時在我朝傑佛遜隊的籃框投籃之前，將我扭過來。不過我還是聽見了兩隊人馬的笑聲。我望望邊界，看到雙方教練——艾倫和傑佛遜隊的教練——她們也在笑。

我感覺得到自己的臉紅到不行，巴不得能立刻下場，找個洞鑽進去，再也不出來了。

可是——令我訝異的是，我手上竟然還拿著球。

我試著把球傳給茱蒂斯，可是球丟得太低，被一名傑佛遜的女生截了過去。比賽才進行十秒，我卻已經犯了兩次錯了！

我一直安慰自己，不過就是場比賽嘛，可是一點用都沒有。每次聽到笑聲，就知道人家在笑我，笑我一開始就跑錯方向。

我第一次抬頭看計分板時，比數是六比零，傑佛遜領先。

球突然向我飛過來，也不知從哪兒來的。我伸手抓球，球滑開了，我方一名隊員接到球，運球，然後又把球傳回來給我。

我第一次出手射籃，球打到籃板——對我來說已經很棒啦！——不過離進球還很遠。傑佛遜搶到籃板，幾秒鐘後，比數變成八比零。

我比以前打得更糟！

我發出一陣呻吟，並發現茱蒂斯在另一頭對我怒目而視。

我只好退開，留在角落裡，離籃框遠遠的。我決定儘量不出手，也許這樣就不會把自己弄得那麼難堪了。

上半場進行約五分鐘後，事情開始變得很怪了。

比數十二比二，傑佛遜領先。

茱蒂斯在邊界發球時，原本打算傳給安娜，可是她球傳得太弱，給一名矮個子的金髮傑佛遜截走了。

茱蒂斯追過去時，我看到她打了個呵欠。

幾秒鐘後，球脫開了，滾回中線。安娜又沒抓穩，不過她似乎用慢動作在跑，金髮的傑佛遜女孩便又從她手上把球搶過去。

安娜站在那兒望著女孩，呼吸粗重，額上汗珠直冒。我停下來瞪著她，安娜看起來筋疲力盡——而我們才打了五分鐘而已！

這句英文怎麼說

別用走的！用點勁啊！
Don't walk! Let's look alive!

傑佛遜隊運著球滿場奔馳，飛快的傳著球，而我們的隊員卻只能楞在原地眼巴巴的看著。

「加油，野馬隊！」茱蒂斯大喊，試著鼓舞大家，可是她走到邊線傳球時，竟然又打起呵欠來了。

「加油啊，同學，快點！快點！」艾倫雙手圈住嘴巴，在邊線旁大喊。「快跑呀，茱蒂斯——別用走的！用點勁啊！」

茱蒂斯又朝地上軟軟的拋出一球，球從一名傑佛遜隊員旁邊彈開，我接過球，開始全速運球。

就在罰球場外，我止住步子，轉身想找人把球傳出去。

但我訝異的發現，隊友都還遠遠落在我後面，有如老牛拖慢車的朝我這邊走過來。

當傑佛遜隊將我團團圍住，企圖搶過球時，我出手投籃了。球觸到籃框邊——又彈回我手裡。

於是我再次射籃，又沒中。

茱蒂斯緩緩抬手去搶籃板，可是沒接到球。茱蒂斯不解的皺皺眉，卻沒跟進搶球。

我抓住球，運了兩下，差點沒絆到球——然後投籃。

我驚奇的發現，球在籃框上彈了幾下，落在框上，然後進網了。

「太好啦，莎曼！」我聽見艾倫在邊線大聲喊道。

隊友們有氣無力的歡呼幾聲，我看到大家呵欠頻頻，以慢動作去追傑佛遜的球員，每個人好像都恍恍惚惚的。

「加油！加油！」艾倫大聲鼓勵著。可是她的話似乎沒什麼作用。

茱蒂斯絆了一下，雙膝落地。我大惑不解的看著她，她竟然沒站起來。

安娜大聲打著呵欠，朝球走過去，而不是奔過去。

另外兩名野馬隊員也似乎漫不經心的用慢動作打球，要守不守的護著我們的籃框。

傑佛遜隊輕輕鬆鬆又得分了。

茱蒂斯依然跪在地上，眼睛半閉。

到底怎麼回事？我實在搞不懂。

一記長長的哨聲打斷我的思緒。過了一會兒，我才明白是艾倫在叫暫停。「野馬隊，過來！快過來啊！」她大吼，一邊比劃著要大家過去集合。

我看見茱蒂斯、安娜和其他人打著呵欠，慢吞吞的走過去，一副拖不動身體的樣子。

接著艾倫大吼要大家快過去，看著大夥疲累的樣子，我才驚覺到，我的願望實現了！

這句英文怎麼說

安娜大聲打著呵欠。
Anna was yawning loudly.

11.

「同學們，妳們是怎麼搞的？」大家在邊界集合後，艾倫問道。她擔心的一個個看著我們。

安娜虛弱的坐在地板上，兩肩歪垂，連眼睛都快睜不開了。

茱蒂斯靠在體育館的磁磚牆上重重喘氣，蒼白的額頭上冒著豆大的汗珠。

「打起精神哪，」艾倫拍著手催促大家，「你們不是興致勃勃的想打這場球賽嗎！」

「體育館的空氣太差了。」一名球員抱怨。

「我覺得好累哦！」另一名邊說邊打呵欠。

「也許我們哪裡不對勁吧！」坐在地上的安娜說。

這句英文怎麼說

我覺得好累哦！
I feel so tired.

「妳也覺得不舒服嗎？」艾倫問我。

「沒有啊。」我告訴艾倫，「我覺得很好呀。」

茱蒂斯在我後面發出倦怠的呻吟，並試著從牆邊站開。

今天的裁判是名高中生，他身上的黑白條紋襯衫至少比他的體型大了五號。裁判吹著哨子，示意我們回到場上。

「我不明白，」艾倫嘆口氣，搖搖頭。她幫忙扶起安娜，「我不懂，眞的搞不懂。」

我懂。

我非常明白。

我的願望實現了，簡直難以置信！那個怪女人確實具有某種魔力，而且她讓我實現了願望。

只是，跟我想像的有點出入罷了。

我清楚的記得，我說希望自己能成爲全隊最強的球員。我的意思是要她把我變成更厲害，更棒的球員。

可是，她卻把其他人全變弱了！

我依然是那個笨手笨腳的球員，還是不懂運球、傳球或投籃。

不過我確實是隊裡最強的球員！

我怎麼可以這麼混蛋？我忿忿的咒罵自己，一邊跑回場中央。願望從來都不會照你的意思去實現的。

回到場中央時，我轉頭看見茱蒂斯、安娜和其他同學拖著步子進場。大家的肩都下垂著，舉步有如千斤重。

我得承認自己有點幸災樂禍。

我是說，我覺得活跳跳的，而她們一個個看起來都又衰弱又可憐。

我告訴自己，茱蒂斯和安娜活該。當她們在位置上勉強站穩時，我拚命忍住不笑，不過嘴角大概還是有點往上翹吧。

裁判吹了哨子，要雙方跳球開賽。茱蒂斯和傑佛遜隊員在中場面對面站好。

裁判將球拋起，傑佛遜隊員高高躍起，茱蒂斯猛力一跳，看得出她非常拚命。

可惜她的腿連地板都沒離開過。

這句英文怎麼說

我怎麼可以這麼混蛋？
How could I have been such a jerk?

傑佛遜隊員把球拍給自己隊友，一群人便帶著球跑開了。

我在她們後面全速猛追，可是其他隊員卻只能用走的。

傑佛遜再度輕鬆上籃得分。

「加油啊，茱蒂斯——我們可以追上的！」我開心的拍手大叫。

茱蒂斯木木的瞪著我，一對綠眼十分呆滯，好像沒啥精神。

「快點！快點！衝啊，野馬隊！」我精力十足的朝隊友加油。

我樂得一再高喊。

茱蒂斯連邊界球都快傳不進來了，我接起球，一路將球運到籃下，就在投籃之際，一名傑佛遜隊員從後面撞我。

我獲判罰兩顆球。

我那些慢動作隊員花了很久的時間，才在場上排排站好。

當然了，我的罰球全落空了。

不過我不在乎。

「快啊，野馬隊！」我用力拍掌大喊，「防守，防守啊！」

我突然身兼球員與啦啦隊二職了，我眞的很享受當全隊最佳球員的感覺。

看著茱蒂斯和安娜像疲累的失敗者一樣，萎靡不振的來回拖著身子，眞是大快人心！美妙無比！

我們以二十四分敗給了傑佛遜。

球賽結束時，茱蒂斯、安娜和其他人似乎鬆了一大口氣。我跑回更衣室去換衣服，臉上笑容如花。

我們隊的人「爬」進更衣室時，我已快換好衣服了。茱蒂斯向我走過來，靠在我的儲物櫃上，一臉狐疑的盯著我。

「為什麼妳的精神這麼好？」她問。

我聳聳肩，「不知道，」我告訴她，「我覺得我很好啊，跟平常一樣。」

汗水從茱蒂斯額上滴落，溼透的紅髮貼在她頭上。

「究竟是怎麼回事，伯勞？」她問，同時打著呵欠，「我不明白。」

「也許妳感冒了或是什麼的。」我拚命壓抑幸災樂禍的心情。

這實在太讚了！

這句英文怎麼說

為什麼你的精神這麼好？
How come you're so peppy?

「呵，我好累啊！」安娜呻吟著站到茱蒂斯後面。

「我想妳們兩個明天一定會好起來。」我高聲說。

「這裡頭一定有鬼。」茱蒂斯喃喃道。她拚命想狠狠瞪我，可是卻累到連眼神的焦距都渙散了。

「明天見！」我開心的說，拿起自己的東西走出去。「把身體養好吧，各位！」

我在休息室門口停下腳。

她們明天會好起來的，我告訴自己，她們明天就會恢復原狀了。

總不會一直這樣吧——是不是？

是嗎？？

第二天，壞消息像成堆的磚塊向我擲來。

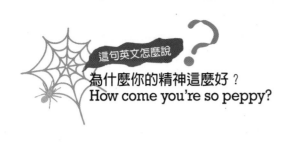

12.

茱蒂斯和安娜第二天早上沒來上學。

我望著她們空空的座位，走向自己前排的位置。我不斷回頭找尋兩人的蹤影，可是鈴響了，兩人還是沒出現。

缺席，兩個都缺席了。

不知隊上其他女孩是不是也沒來。

我背上起了一陣寒慄。

她們還是很虛弱、很疲倦嗎？虛弱到無法來上學？

我惴惴不安的想：萬一她們永遠無法恢復正常怎麼辦？萬一魔力永遠不會消失呢？

這句英文怎麼說

我到底對妳們做了什麼？
What have I done to you?

接著，我更怕了：如果茱蒂斯和安娜，還有其他人越來越虛弱怎麼辦？如果她們一直虛下去，最後死掉了——那就全都是我的錯了？

都是我不好，都是我不對。

我渾身冰涼，胃裡像吞了石塊似的，這輩子從不曾感覺如此罪惡，如此罪孽深重。

我想要拋開這些思緒，卻怎麼也辦不到。

我一直想著，她們可能因我無意間許下的願而死掉。

我將成為兇手，我渾身寒顫的想，兇手啊！

我們的老師莎朗就站在我面前講話，她說的話我一個字也沒聽進去。我在位子上一直挪來動去，轉頭望著那兩張空椅子。

茱蒂斯和安娜，我到底對妳們做了什麼？

午餐時，我把整件遭遇告訴了柯里。

他當然只是嘲笑我一番，這傢伙嘴裡全是烤起司，差點沒噎著。

「妳也相信有復活節兔子那種事嗎?」他問。

我可沒心情開玩笑,我眞的很懊惱,我看著一口都沒動的午餐,覺得想吐。

「你認眞聽我說好不好,柯里,」我央求道,「我知道這件事聽起來很蠢——」

「妳是說眞的嗎?」他打量著我的臉問,「我還以爲妳在開玩笑,莎曼,我以爲妳只是在編故事或之類的。」

我搖搖頭。「聽我說,柯里——如果你昨天下午看了女子籃賽,就會知道我不是在開玩笑了。」我傾過身子,低聲說:「她們像夢遊似的在場上漫步,」我告訴他,「實在太可怕了。」

我怕到肩膀都在發顫,我摀住眼睛,以免哭出來。

「好啦……我們來想想這件事吧。」柯里柔聲的說。他收起賊賊的笑容,皺著眉想,最後,終於決定認眞考慮我的話。

「我一整個早上都在想這件事,」我拚命忍住淚,告訴柯里,「萬一我成了兇手怎麼辦,柯里?如果她們眞的死掉了怎麼辦?」

「莎曼,拜託啦,」他說,眉頭還是皺成一團,「茱蒂斯和安娜搞不好沒生病,

這句英文怎麼說

你是說真的嗎？
You mean you're for real?

也許妳只是在庸人自擾而已，說不定人家好好的。」

「才怪。」我鬱鬱的低聲說。

「噢，我知道了！」柯里表情一亮，「我們可以去問奧黛蕊啊。」

「奧黛蕊？」奧黛蕊是學校護士，我想了一會兒才搞懂柯里的意思，不過我畢竟是弄懂了。

柯里說的沒錯，我們要請假的話，家長早上都得打電話告訴奧黛蕊原因。所以只要問奧黛蕊應該就能知道，茱蒂斯和安娜今天爲什麼沒來上學。

我跳起來，差點把椅子弄倒。「太棒了，柯里！」我大叫，然後越過餐廳，往門口衝。

「等一等，我陪妳去！」柯里大叫著匆匆趕上來。

我們沿長廊一路朝護理站奔去，球鞋在硬地板上踩得咚咚作響。我們發現奧黛蕊正在關門。

奧黛蕊是個有點矮胖的女人，我猜差不多四十歲上下，淡金色的頭髮在頭上盤成一團小髻。她總是穿著鬆垮的牛仔褲和粗毛衣，從來不穿護士服。

「吃午飯囉。」她看著我們在她身邊停下來，說，「今天吃什麼？我餓死了。」

「奧黛蕊，妳能告訴我們茱蒂斯和安娜今天爲什麼沒來上學嗎？」我上氣不接下氣的問，完全不理會她的問題。

「啊？」我講得太快太急了，奧黛蕊沒聽懂我的話。

「茱蒂斯．貝伍和安娜．佛斯特呢？」我重複道，心頭如小鹿亂撞。「她們今天爲什麼沒來學校？」

奧黛蕊的灰眼睛露出一抹詫異，接著她垂下眼。

「茱蒂斯和安娜走了。」她悲傷的說。

13.

這句英文怎麼說

他們去看醫生了。
They went to the doctor.

我瞅著她，驚懼的張大了嘴，「走了？」

「至少離開一個星期。」奧黛蕊說，一邊彎腰鎖辦公室的門。

「她們——什麼？」我尖叫道。

她拔不出鎖裡的鑰匙，「她們去看醫生了，」她重述道，「她們的媽媽今早打電話來，說兩人病得很重，好像都得了感冒什麼的，覺得很虛弱，沒法來學校。」

我鬆了一口氣，我很慶幸奧黛蕊忙著弄門鎖，所以沒看到我臉上驚懼的表情。

奧黛蕊匆匆朝走廊走去，等她一離開視線，我便靠到牆上了，「至少她們沒

死。」我哀呼說，「我眞的差點被她嚇死！」

柯里搖搖頭，「我也差點被奧黛蕊嚇死。」他說，「妳瞧，茱蒂斯和安娜只是感冒而已，我相信醫生——」

「她們不是感冒，」我堅持的說，「她們生病是因爲我許了願。」

「晚點打電話給她們啊，」柯里說，「說不定妳會發現，她們已經好很多了。」

「我等不了啦，」我聲音發顫，「我得做點什麼，柯里，我得想點辦法，別讓她們再虛弱下去，再這樣下去會死人的！」

「妳冷靜點，莎曼——」

我在柯里面前不停來回踱步，有些要去更衣室的學生匆匆從旁邊走過，有人喊了我一聲，但我沒答腔。

「我們得去上課了，」柯里說，「我覺得妳是在杞人憂天，莎曼，如果妳肯等到明天——」

「她說我可以許三個願！」我叫道，柯里的話一個字也沒聽進去。「我只用了一個。」

這句英文怎麼說

我們得去上課了。
We're got to get to class.

「莎曼——」柯里不贊成的搖搖頭。

「我得找到她！」我下定決心，說道，「我得找到那個怪女人，你不明白嗎？我可以許願，取消第一個願望，她說過我有三個願望的，所以我可以許下第二個願來取消第一個！」

想到這點，我心裡好過多了。

可是接著柯里問我一個問題，我的心情又跌到谷底了。

「妳要怎樣找到她呢，莎曼？」

14.

我一整個下午都在想柯里的問題，別人說的話，我幾乎完全聽不見。

放學前我們要考單字，那些字在我眼裡，簡直有如火星語！

一會兒後，我聽見莉莎老師喊我的名字，她就站在我面前，可是她好像叫了五六遍，我才聽見她的聲音。

「妳還好吧，莎曼莎？」她矮下身子問道。我知道她在擔心我爲什麼還沒開始作答。

「我有點不舒服，」我悄聲說，「我不會有事的。」

一旦找到那個怪女人，叫她撤掉她的咒語，我就會沒事的！

可是我到哪兒去找她？

這句英文怎麼說

我有點不舒服。
I feel a little sick.

去哪裡呢？

放學後，我到體育館報到練籃球，隊上所有人全缺席了，所以練習也取消了。

大夥兒因爲我而缺席……

我拖著步子，爬上樓到自己的儲物櫃，拿出軟毛夾克。就在我關門上鎖時，腦子裡突然靈光一閃。

樹林，傑佛林。

我就是在那裡遇到卡麗莎的。

我一定能在林子裡再找到她。

說不定那是她的祕密會面地點哩。

也許她會在那兒等我。

一定是的，她會在那裡等我！

我告訴自己，爲自己打氣。

我怎麼那麼久才想到這點？

這很合理嘛！

我哼著曲子，往門口跑去，走廊上幾乎都空了。

當我看到門口那熟悉的身影時，我停了下來，「媽！」

「嗨，莎曼。」她對我揮揮手，其實我就站在她面前。

媽戴了頂紅白相雜的毛帽，蓋住她短短的金髮，身上套著她一向愛穿的碎紅色滑雪夾克。

媽好多年沒滑雪了，不過她喜歡做這副打扮。

「媽——妳在這裡做什麼？」我大叫，一副很不歡迎的樣子似的，其實我不是故意的。

我急著想騎車到傑佛林去，不希望媽媽在這裡出現！

「還記得妳跟史東醫生訂的約吧？」媽晃了晃手裡的車鑰匙說。

「牙齒矯治醫生嗎？是今天嗎？」我哀號，「我沒辦法去！」

「妳非去不可，」媽拉住我的手，堅持的說，「妳不知道要看史東醫生的門診有多難。」

「可是我不想戴矯正器！」我大叫，我知道自己聲音有點尖，有點孩子氣。

這句英文怎麼說

可是我不想戴矯正器！
But I don't want braces!

「也許妳不需要戴矯正器，」媽拖著我往門口走，「說不定妳只要戴牙套就行了，反正史東醫生怎麼說，咱們就怎麼做。」

「可是，媽——我——我——」我急如星火的拚命想藉口，「我不能跟妳去啦，我的腳踏車在這裡！」我急切的說。

「去牽車啊，擺到後車廂就行了。」媽連眼睛都不眨的說。

我沒有選擇，只好跟著她去。我重重嘆了口氣，打開門，匆匆繞過老媽，朝自行車架走過去。

接下來的六個月，我都得戴上矯正器。我跟史東醫師訂了下星期的約去裝矯正器。

這件事原本會令我十分氣惱，可是一想到茱蒂斯、安娜和其他隊友，我就沒心思再去煩矯正器的事了。

我一直想像她們越變越瘦，越變越弱的景象，腦海裡不斷浮現著可怕的畫面——我在體育館裡來回的運著球，越運越快，而茱蒂斯、安娜和其他人則仰躺在看臺上，努力想看球，可是卻虛弱得連頭都抬不動。

那天晚上吃過飯後，我覺得實在太罪惡了，便打電話去問茱蒂斯的情況，那好像是我這輩子第一次打電話給她。

接電話的是貝伍太太，她聽起來既累又緊張，「請問是哪位？」她問。

我突然很想掛電話，不過我對她說：「我是莎曼莎．伯勞，是她同學。」

我算哪門子同學啊！

「茱蒂斯不太能接電話，」她回答，「她太虛弱了。」

「醫生有沒有說什麼？」我問。

「我去問茱蒂斯要不要接電話。」貝伍太太打斷我，電話中我聽見茱蒂斯的弟弟在後面喊了些什麼，還聽見電視上的卡通音樂。

「別看太久。」貝伍太太說著。

「哈囉？」茱蒂斯發出小女孩般微弱的聲音說。

「噢，嗨，茱蒂斯，是我啦，莎曼。」我努力故做輕鬆的說。

「哪個莎曼？」又是近乎呢喃的虛弱聲音。

這句英文怎麼說

她怎麼會知道？
How did she know?

「莎曼．伯勞。」我支支吾吾的說，「我——我只想知道妳還好吧？」

「莎曼，妳是不是對我們下咒語了？」茱蒂斯問。

我驚喘一聲。

她怎麼會知道？

15.

「茱蒂斯——妳這話什麼意思？」我氣急敗壞的說。

「除了妳之外，所有人都病了。」茱蒂斯答道，「安娜病了，艾琳也是，還有凱絲塔。」

「但那也不代表——」我不禁爭辯。

「所以我認爲妳對我們施了咒。」茱蒂斯打斷我。

她是在開玩笑嗎？

我無法分辨。

「我只是希望妳好起來而已。」我尷尬的低聲說。我聽見貝伍太太在叫茱蒂斯掛電話。

這句英文怎麼說

我認為你對我們施了咒。
I think you cast a spell on us.

於是我說完再見，將電話掛上。我很高興我們只談了一會兒，不過我無法判定茱蒂斯說我施咒的事，到底是不是在開玩笑。

她的聲音真的很弱，聽起來疲累而毫無生氣。

不管她是不是在開玩笑，她那樣指責我，實在令人氣憤。那是她的典型作風，即使我本著善意打電話給她，她還是能想辦法氣我。

不過我也覺得很罪惡，不管茱蒂斯是不是猜到了，我確實對她和其他人下了咒。我得設法把咒語除掉。

第二天早上，班上那兩張椅子又是空的，茱蒂斯和安娜雙雙缺席。

午餐時，我問柯里放學後想不想陪我去找那個怪女人。

「才不要！」柯里搖著頭大叫。「搞不好她會把我變成青蛙或什麼的！」

「柯里──你能不能認真看待這件事？」我高聲叫道，惹得好幾個人轉頭看向我。

「饒了我吧。」戴著棒球帽的柯里紅著臉說。

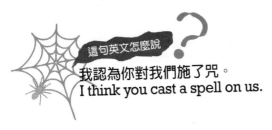

「好啦，對不起。」我告訴他，「我真的很緊張——你了解吧？」

柯里還是拒絕陪我去，他胡亂編了個藉口，說是要幫他媽媽清理地下室。深冬時節的，誰會去清理地下室？

柯里假裝不相信我遇到怪女人跟三個願望的事，不過我覺得，他大概是有點怕了。

我也很怕啊，我怕自己找不到她。

放學後，我跳上自行車，朝傑佛林的方向騎去。

那是個風沙飛揚的陰霾天。大片大片的烏雲快速的自天空飛掠，一副風雨或大雪欲來的樣子。

我覺得這天氣跟我遇到卡麗莎那天很像，因此心中莫名的受到了鼓舞。

班上有些同學跟我招手，並大聲喊我，不過我越過他們，逕自傾著身，變速加速前行。

幾分鐘後，我已越過曼特斯大道兩側的住宅，禿禿的樹林赫然在目。

高聳的樹林形成一道黑牆，比上方灰黑的天空還要陰暗。

這句英文怎麼說

我真的很緊張。
I'm really stressed out.

「她一定會在，一定會在這裡的。」我不斷隨著踏板的節奏對自己說。

一定會在，一定會在這裡。

當我看見在路邊縮成一團的她時，心臟差點沒從胸口跳出來。

她在等我。

「嗨！」我喊道，「嗨，是我啦！」

她爲什麼不回答？

16.

我騎近她，心臟因愉快的情緒而躍動著。

我發現女人背對著我。

女人換了衣服，戴了頂紫色的毛帽，身上黑色的長大衣幾乎垂到腳踝。

我在她身後幾公尺的距離緊急煞車，輪胎還在鋪著小卵石的路上滑了一段。

「我得許另一個願！」我上氣不接下氣的喊道。

女人轉過頭。

我倒吸了口氣。

我看到一張長滿雀斑的年輕臉孔，和一頭又短又卷的金髮。

「對不起，妳剛才說什麼？」對方瞇著眼睛，一臉困惑的看著我問。

這句英文怎麼說

你迷路了嗎？
Are you lost?

「我——我很抱歉。」我結結巴巴的說，覺得臉頰熱到發燙。

「我——我以爲妳是別人。」

不一樣的女人。

我實在糗斃了，眞想一死了之！

我看到女人身後，兩名金髮的小孩正在林子邊來回扔著飛盤。

「湯米——別太用力，你妹妹接不住！」女人喝令道。

接著她回頭對著我，「妳剛說許什麼願來著？妳迷路了嗎？」女人擔心的打量著我。

我知道自己的臉還紅紅的，可是我沒辦法控制。「我沒迷路，我以爲妳是——」我才起個頭。

「湯米——自己去撿！」她對著小男孩吼道，兩個小鬼吵了起來，女人趕過去調解。

「很抱歉打擾妳，」我說，「再見。」

我調過車子，朝返家的路上快速騎去。

跟陌生人談這種蠢事眞是丟臉死了，可是我的失望卻更甚。

我眞的以爲那個怪阿姨會在那裡。

她還能去哪兒呀？我問自己。

記得我曾告訴她怎麼去麥德遜大道，我想，運氣好的話，說不定能在那兒遇見她。

那邊很遠，不過我也很急。

我掉頭朝麥德遜騎去。風變強了，我的臉一陣冰冷刺痛，我逆風而行，寒風刺得我淚水汪汪。

即使視線極差，我還是看得出那女人並不在麥德遜路附近等我出現。兩個模糊的棕色身影並肩越過街道，他們低垂著頭，頂著強風，是我僅能看到的人了。

我緩緩的往返騎了幾次，眼睛在附近的房宅四下搜尋。根本是在浪費時間嘛！

我凍歪了，耳朵和鼻子都麻麻刺刺的。水汪汪的眼睛不斷淌著淚，沿著臉頰

這句英文怎麼說

根本是在浪費時間嘛！
A total waste of time.

滴落。

「放棄吧，莎曼。」我大聲的命令自己。

天空更黑了。

烏雲低垂，覆罩在微微顫顫的禿林上。

我又難過又沮喪，轉頭返家。我奮力踩著踏板，騎在路中心，努力迎向狂烈的寒風。

當茱蒂斯的家映入眼簾時，我停了下來。那是一棟長長的，紅木造的牧場式矮房，座落在路邊一大片斜坡後頭。

我決定去拜訪一下，看看茱蒂斯情況如何。

順便藉機讓自己暖些，我心想。

我抬起手，摸摸自己的鼻子，全麻了。

我打著哆嗦，騎到車道，把腳踏車放在地上，然後努力摩擦我那可憐的鼻子，希望讓它恢復點知覺。

我跑過人行道，然後去按門鈴。

貝伍太太看到有訪客時，似乎非常訝異。我向她介紹自己，表明自己只是剛巧騎車經過而已。

「茱蒂斯還好嗎？」我發著抖問。

「差不多一樣，」貝伍太太憂心的嘆著氣回答。她有茱蒂斯的綠眼睛，不過她的頭髮幾乎全灰了。

貝伍太太領著我來到走廊，走廊裡暖烘烘的，房子裡飄著烤雞的香味，我突然發現自己很餓。

「茱蒂斯！妳有客人！」貝伍太太對著樓上喊。

我聽到一聲虛弱的回答，可是聽不清內容。

「上去吧。」茱蒂斯的母親說，她伸手搭住我的肩膀，「妳看起來凍壞了，」她又搖著頭加了一句，「小心哪，親愛的，妳不要也生病了。」

我爬上樓，找到走廊盡頭茱蒂斯的房間。我在門口躊躇了一會兒，然後向裡頭窺望。

房裡很暗，我看見茱蒂斯躺在床上，床上墊著拼花棉被，她的頭枕在好幾顆

這句英文怎麼說

你還好嗎？
How are you feeling?

枕頭上。

床的四周散置著書籍、雜誌和學校筆記本，但茱蒂斯並沒在看書，只是直直的盯著前方。

「是鸛鳥嗎？」茱蒂斯看到門口的我時叫了出來。

我走進房裡，勉強擠出一絲笑容。

「妳還好嗎？」我輕聲問。

「妳在這裡做什麼？」她冷冷的問，聲音十分沙啞。

「我……我正好騎車經過，然後……」我杵在門邊，吞吞吐吐的說。我被她的憤怒嚇著了。

「騎車？在這種寒風裡？」茱蒂斯拚盡力氣，才從床上坐起來。她靠在床頭，狐疑的怒視著我。

「我只是想知道妳怎麼樣而已。」我低聲說。

「妳爲什麼不飛走算了，伯勞！」茱蒂斯惡毒的咆哮道。

「啊？」

「妳是個女巫——對不對！」她指控我。

我簡直不敢相信她會講這種話，我呆住了，震驚不已！她不是開玩笑的，我很清楚茱蒂斯是認真的！

「妳真的對我們施了咒，我就知道！」

「茱蒂斯——拜託妳，」我喊道，「妳到底在說什麼？」

「去年社會學科我們有個單元就是在討論女巫，」她的聲音沙啞，「我們研究了咒語等東西。」

「太瘋狂了！」我堅稱道。

「妳嫉妒我，莎曼，嫉妒我、安娜和所有其他人。」茱蒂斯指責我。

「所以呢？」我氣得吼道。

「所以除了妳之外，隊上的女孩突然全都又虛又病。莎曼，妳好得很——對吧？」

「茱蒂斯，聽我說……」我哀求她。

「妳是個女巫，莎曼！」她高喊道，虛弱的聲音都喊破了，茱蒂斯咳了起來。

這句英文怎麼說

你嫉妒我。
You were jealous of me.

「茱蒂斯，妳講不講理！」我向她強調，「我不是女巫，我怎麼會是女巫？我很遺憾妳病了，真的，可是……」

「妳是女巫！妳是巫婆！」茱蒂斯輕聲說著，聲音尖而虛弱。「我跟所有隊員說了，大夥都同意我的看法，妳是個巫婆，巫婆！」

我氣極了，差點沒炸掉。

我緊握著拳頭，只覺頭腦發脹。

茱蒂斯跟所有女孩說我是女巫，她怎能做出這麼瘋狂的事來？

「女巫！妳是個巫婆！」她繼續喃喃道。

我氣到不行，完全失控。

「茱蒂斯——」我尖聲喊道，「要不是妳對我那麼惡劣，我——我本來是絕不會對妳施毒手的！」

我立刻明白自己犯了個天大的錯誤。我剛剛對她承認，她的病是我造成的。

我剛剛衝口承認自己是女巫！

可是我太氣了，全豁出去了。

「我就知道！」茱蒂斯指著我啞聲說，一對綠眼睛因興奮而發亮。

「這裡到底是怎麼啦？爲什麼大呼小叫的？」茱蒂斯的母親出現在房裡，來回的看著茱蒂斯和我。

「她是巫婆！巫婆！」茱蒂斯尖叫。

「茱蒂斯——妳的聲音！別再吼了！」貝伍太太叫著衝到床邊。她回頭對我說：「茱蒂斯大概神智不清了，她——怎麼盡說些胡言亂語，請妳別介意，她……」

「她是巫婆！她都承認了！她是巫婆！」茱蒂斯尖叫。

「茱蒂斯——拜託妳，求求妳冷靜下來，妳得保留點力氣。」貝伍太太求道。

「對不起，我現在就走。」我很快的說。

我衝出房間，跑下樓，火速離開房子。

「巫婆！巫婆！」茱蒂斯嘶啞的叫聲如影隨形。

我是如此的憤怒傷心和羞辱，我覺得自己快爆了。「我希望茱蒂斯能消失！」我高聲大喊，「我眞的希望她消失！」

這句英文怎麼說

對不起，我現在就走。
I'm sorry. I'll go now.

「很好，那就是妳的第二個願望了。」我身後一個聲音說。

我回過頭，看到那奇怪的女人站在房子旁，她長長的黑髮在背後隨風拍動。

女人高舉著發光的紅球，眼睛發出與球一樣的紅光。

「我會取消妳的第一個願望，」她用顫抖而蒼老的聲音說，「並實現妳的第二個願望。」

17.

「不——等一等！」我大叫。

女人笑了笑，然後將披肩蓋到頭上。

「等一等！我不是那個意思！」我叫著朝她跑過去，「我不知道妳在那裡，等一等——唉喲！」

我的腳踏在路上一塊鬆脫的石頭上，絆倒了，重重的撞到了膝蓋，剎時間痛楚傳遍全身。

待我一抬眼，女人已經不見蹤影了。

晚飯後，朗恩答應陪我到外頭打籃球，可是天太冷，風又太大，細細的雪已

這句英文怎麼說

我不是那個意思！
I didn't mean it!

飄了起來。

最後我們到地下室打乒乓球。

我們家地下室實在不方便打乒乓球，首先，天花板太低了，球老是打到天花板，然後亂彈一氣。

還有，南瓜有個壞習慣，喜歡追著球跑，然後在球上咬出洞洞。

乒乓球是我唯一擅長的運動，我很會欺敵，而且殺球一級棒，通常可以三戰兩勝，擊敗朗恩。

可是朗恩看得出我今晚十分心不在焉。

「怎麼啦？」朗恩問，我們不太帶勁的來回打著球。朗恩深色的眼眸在黑框眼鏡後直盯著我看。

我下定決心告訴他關於卡麗莎、紅水晶球以及三個願望的事。我非得告訴別人不可。

「幾天前我幫了一個怪女人的忙，」我脫口說，「那女的答應讓我許三個願。我許了個願，結果害得我們球隊裡所有女生都快死了！」

朗恩把球拍放到桌上，嘴巴張得老開。

「怎麼會這麼巧！」他叫道。

「呃？」我張嘴望著他。

「我昨天也遇到我的守護天使耶！」朗恩叫道，「她答應讓我成爲全世界最富有的人，而且還要送我一輛純金打造的賓士，後面還加掛個游泳池！」朗恩放聲大笑，自以爲有趣。

「唉呀！」我氣惱的說。

我把球拍扔向他，衝回樓上自己的房間。

我重重摔上房間的門，不停的來回踱步，雙手緊緊交疊在胸前。

我不斷叫自己冷靜下來。

這麼緊張兮兮的，根本沒有助益。可是叫自己冷靜當然沒什麼用了，只是令人更加緊繃而已。

我決定做點別的事讓自己分神，別再一個勁兒的想著茱蒂斯和卡麗莎，以及

這句英文怎麼說

怎麼會這麼巧！
What an amazing coincidence!

那個我不經意許下的心願。

也就是我的第二個願望。

「不公平！」我大叫，腳下仍不停的走動。

畢竟，我不知道自己那樣做就是在許第二個願。那女的騙我。她沒來由的出現——然後騙我上當！

我在鏡子前停下來撥弄頭髮。

我有一頭漂亮的淡金色頭髮，因爲好看，所以不需多費工夫整理。通常我會在頭的右側綁一束馬尾，這是我在《十七歲》雜誌上看來的髮型，那個模特兒長得有點像我。

爲了讓手上忙著，我試著去變換髮型。

我端視著鏡裡的自己，將頭髮往後梳，接著又將頭髮中分，蓋住耳朵——實在有夠難看。

玩頭髮沒什麼用，我還是滿腦子的茱蒂斯。我又把頭髮綁回原來的馬尾，然後梳了一會兒頭髮，嘆口氣把梳子扔開，繼續來回走動。

我心中的大問號當然是：我的願望會實現嗎？

茱蒂斯是不是消失了？

本人雖痛恨茱蒂斯，但絕對無意爲她的死亡負責。

我大聲哀號，一頭倒在床上。我該怎麼辦？我問自己，我必須知道我的願望是不是實現了。

我決定打電話到她家。

我不必跟她說話，只要看看她還在不在就好了。

我甚至不會告訴他們打電話的人是誰。

我在學校聯絡簿裡找到茱蒂斯的電話，她的電話我記不住，因爲之前我只打過一次。

我顫著手去拿書桌上的電話，然後撥了她的號碼。

我一直按錯號，撥了三次才成功。

我怕死了。

覺得胃好像打結，心臟都快跳到喉頭了。

這句英文怎麼說

我的願望會實現嗎？
Had my wish come true?

電話鈴響了。

一聲。

兩聲。

三聲。

茱蒂斯消失了嗎？

18.

四聲。

沒人接。

「她不見了！」我大聲說，一股寒意襲遍我全身。

就在第五聲電話響起之際，我聽到喀的一聲，有人拿起話筒了。

「喂？」是茱蒂斯！

「喂？誰呀？」她問。

我猛然掛掉聽筒。

我的心臟亂跳，雙手冰冷。

我鬆了一大口氣，茱蒂斯還在，她確實還在，沒有從地球表面消失。

這句英文怎麼說

我鬆了一大口氣。
I breathed a sigh of relief.

而且我發現她的聲音恢復正常了。

聽起來既不沙啞，也不虛弱，跟平常一樣的惡毒。

這代表什麼意思？我跳起來，開始踱步，想釐清這件事。

我當然想不出原因了。

只知道第二個願望並沒有實現。

我心情一鬆，倒臥床上，很快跌入沉睡中，連夢都沒有。

我張開一隻眼，接著張開另一隻眼。蒼白的晨光從我臥房窗口穿射而入。我睏睏的呻吟一聲，推開棉被，坐起身來。

我看了書桌上的時鐘一眼，驚喘一聲。

都快八點十分了？

我揉揉眼睛，又看了一次。沒錯，是八點十分。

「呃？」我叫道，想驅走聲音中的睡意。媽每天早上七點都會來叫醒我，好讓我在八點半前到校。

發生什麼事了？

這下子我遲到定了。

「喂——媽！」我大叫，「媽！」我跳下床，一雙長腿給被子絆住，差點沒跌倒。

這眞是個不錯的一日之始——始於典型的莎曼突槌動作！

「喂，媽咪——」我朝臥室門外大喊，「發生什麼事啦？我遲到了耶！」

沒聽見回答，我脫掉睡衣，很快的在衣櫃裡找到乾淨衣服換上。

今天是星期五，洗衣服的日子，所以乾淨衣服剩沒幾件了。

「喂，媽咪？朗恩？有沒有人起來了？」

老爸每早七點就離家上班了，通常我會聽見他走動的聲音，但今早我什麼也沒聽見。

我套上褪色的牛仔褲和淡綠色毛衣，然後梳著頭，看著鏡裡睡眼惺忪的自己。

「有人起床了嗎？」我喊道，「今天怎麼沒人叫我起床？該不會是放假吧？」

這句英文怎麼說

今天怎麼沒人叫我起床？
How come no one woke me today?

我邊穿鞋邊豎耳傾聽。

廚房裡的收音機沒響，我心想，眞奇怪，媽每天早上都要開收音機聽新聞的。

我們每天早上都要爲此拌嘴，因爲她要聽新聞，而我想聽音樂。

可是今天廚房裡卻無聲無息。

怎麼回事？

「喂——我不吃早飯囉！」我對著樓下大喊，「我遲到了。」

沒人回答。

我又看了鏡子最後一眼，在額前梳出一小撮頭髮，然後衝到走廊上。

老哥的房間就在我隔壁，他的門關著。

糟糕，朗恩，我心想，難不成你也睡晚了？

我用力敲著門，「朗恩？朗恩，你醒了嗎？」

一片死寂。

「朗恩？」我推開門，他的房間是暗的，只有窗口微弱的天光。床已經整理好了。

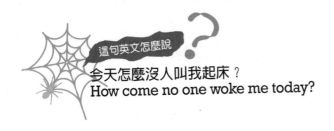

朗恩已經走了嗎？他為什麼鋪床？他這輩子從來不鋪床的呀！

「喂，媽咪！」我一頭霧水的衝到樓下，才走到一半，便絆到腳，險些摔跤。

第二次突槌，眞是一早就楣運當頭。

「這裡是怎麼啦？今天是週末嗎？我是不是睡過了整個星期五啊？」

廚房裡空無一人，媽不在，朗恩不在，也沒有早餐的影子。

他們是不是一早跑去哪裡了？我在冰箱上找留言。

沒有。

我困惑的望著時鐘，快八點半，我已經遲到了。

為什麼沒人叫我起床？為什麼大家一早全走光了？

我掐掐自己，眞的很用力哦，我想我大概在作夢吧。

可惜不是。

「喂——有人在嗎？」我叫道，聲音在空蕩蕩的屋子裡迴響。

我跑到前面的衣櫥裡拿外套，我得去學校了，相信這個謎團稍後就可以解開了。

我很快穿好外套，跑到樓上拿書包。我的肚子餓得咕嚕亂響，我習慣早上至少喝杯果汁，吃碗穀片。

唉，好吧，我心想，中午吃多點就好了。

幾秒鐘後，我跑出前門，繞到車庫邊去牽腳踏車。我拉開車庫拉門——然後頓住了。

我僵在原地，注視著車庫。

老爸的車還在車庫裡。

他沒去上班。

大家究竟跑哪兒去了？

19.

我回到屋裡打電話到爸的辦公室，電話鈴響了又響，卻沒人接。

我又去廚房查了一下有沒有爸媽的留言，可是什麼也找不著。

我瞄了廚房的鐘一眼，發現自己上學已經遲到二十分鐘了，我得帶一張遲到通知書，可是沒人能幫我寫。

我匆匆回到外頭牽腳踏車，遲到總比不去好吧，我心想。我其實不怕，只是覺得很困惑而已。

我告訴自己，吃中飯時再打電話給媽或爸爸，問問今早大家都跑哪兒去了。

在騎車上學的路上，我開始有點不高興了，他們至少該告訴我他們要提早出門哪！

這句英文怎麼說

我睡過頭了。
I over slept.

街上沒有車輛，也沒有騎車的學童，我猜想大家全都上學、上班或去做早上該做的事了吧。

我從沒遲到這麼久過。

我把車子放在車架上，把書包背好，然後跑進學校。走廊上黑漆漆的，連隻貓都沒有。

我的腳步聲在硬實的地板上迴響不已。

我把外套放進儲物櫃裡，當我摔上門時，關門聲聽起來竟像空洞走廊上的一記爆響。

一個人都沒有的走廊感覺挺毛的，我往離儲物櫃幾扇門外的教室衝過去。

「我媽忘了叫我，所以我睡過頭了。」

我一進門，便把想好的託辭告訴莎朗。我的意思是說，這不是藉口，而是事實。

可是我的理由莎朗卻無從聽聞。

我拉開教室的門——驚愕的駐足凝望。

空的，教室是空的。

沒有學生，沒有莎朗老師。

燈沒開，而昨天黑板上的字也都沒擦。

太詭異了，我想。

可是當時我並不知道事情將變得更詭異。

我呆楞片刻，望著昏黑空洞的教室，料想大家一定是到大禮堂集合了。

我快速轉身朝學校前方的大禮堂走去，奔過空蕩蕩的走廊。

教師休息室的門是開的，我瞄了一眼，驚訝的發現裡面也沒有人。也許全體教師也都去集合了吧，我心想。

幾秒鐘後，我拉開禮堂的厚門。

看到的是一片漆黑。

禮堂裡靜悄悄的，沒有半點人影。

我關上門，跑到走廊上，一個個房間去找。

不久我便發現，我是這棟樓裡唯一的人了。沒有學生、沒有老師，我甚至連

這句英文怎麼說

有人聽到我說話嗎？
Can anybody hear me?

樓下的工友室也查過了，還是沒人。

今天是星期天嗎？是放假日嗎？

我想知道大家都去哪兒了，可是打破頭也想不出來。

我心中一陣慌亂，在校長辦公室旁的公共電話裡投了二十五分錢的硬幣，打電話回家。

電話至少響了十次，家裡還是沒人接。

「大家究竟在哪兒？」我對著空空的走廊大喊，唯一的回答是自己的回音。

「有人聽到我說話嗎？」我用手圈住嘴大叫，一片寂靜。

我忽然感到異常恐懼，我必須離開這個駭人的學校大樓。我拿了外套，開始狂奔，連儲物櫃的門都來不及關。

我把外套掛在肩上，衝到外頭自行車架邊。架子上就只有我這麼一輛車，我暗罵自己來的時候爲什麼沒注意到。

我套好外套，背妥背包，跳上車騎回家去。路上又是半輛車、半個人影都看不見。

「這實在太詭異了！」我大聲說。

我的腿突然感到十分沉重，彷彿被什麼東西絆住了。我知道是因爲自己心慌意亂的關係。我的心在狂跳，我急切的在街上尋找人影——任何人都行。

回家半途中，我調過頭，騎向鎭上。那個小小的購物區就在學校北邊幾條路外。

我騎在馬路正中央，無須閃避，因爲兩邊車道上一輛車或卡車都沒有。

我看到銀行了，接下來是雜貨店。我拚命踩著車，留意所有曼特斯大道兩側的商家。

全都黑漆漆的，沒有一個人。

鎭上半個人都沒有，店裡也看不見任何身影。

了無人跡。

我在費伯五金行前煞車跳下來，任腳踏車側跌在地。我走到人行道上豎耳傾聽，唯一的聲響是理髮店的百葉窗被風吹動的拍擊聲。

「哈囉！」我用最高聲量喊道。

這句英文怎麼說

我能不能再見到他們？
Would I ever see them again?

「哈——囉——！」

我開始在眾商家之間狂亂的奔跑，把臉貼到一扇扇窗戶上向裡頭張望，急迫的尋找其他人。

我跑過去又跑回來，把街道兩側都尋遍了，每走一步，每看到一間漆黑的店面，心中的恐懼就更深。

「哈——囉——！哈——囉——！有人聽見我說話嗎？」

可是我知道自己是在白喊。

站在大街中央，看著暗黑的商店與了無聲息的人行道，我知道只剩自己一個人了。

孤獨的站在這世界上。

我突然明白，自己的第二個願望實現了。

茱蒂斯消失了，所有其他人也隨著她一起消失了。

每一個人。

我的母親、父親，哥哥朗恩，及所有每一個人。

我能不能再見到他們？

我頹坐在理髮店前的水泥門階上，擁著自己，努力想讓自己別再發抖。

接下來呢？

我難過的想，接下來怎麼辦呢？

這句英文怎麼說

我拒絕放棄希望。
I refused to give up hope.

20.

不知在門階上坐了多久，我環住自己，垂著頭，心中一片茫然。我本可在那兒坐一輩子，聽百葉窗的拍擊聲，聽風呼嘯過這廢棄的大街——如果我的肚子沒有開始咕嚕咕嚕亂叫的話。

我站起來，突然想起自己沒吃早飯。

「莎曼哪，世上就剩妳一個人了，妳怎麼還會想到吃的？」我大聲的問自己。能聽到人的聲音，多少有點安撫作用，即使是我自己的聲音。

「我餓死了！」我大吼。

我豎著耳聽聽有沒有人回答，這實在很驢。

不過我拒絕放棄希望。

「一切都是茱蒂斯的錯。」我咕噥著從街上牽走腳踏車。

在無人的街道上騎車返家，我一邊搜尋各個院落和屋舍，行經鄰近街角的卡特家時，我以為他們家的狗狗會跟往常一樣跑來對我狂吠一陣。

可是這世上連狗都消失了，我們家可憐的南瓜也不見蹤影了。

只剩下我，莎曼莎．伯勞，地球上最後一個人。

我一回到家，便衝進廚房，為自己做了一份花生醬三明治。囫圇吞棗的嚥完後，我看著打開的花生醬罐子，罐子幾乎要空了。

「我將來吃什麼？」我心想，「等食物吃完後，我該怎麼辦？」

我在杯子裡倒柳橙汁，但遲疑了一會兒，只倒了半杯。

難不成去搶雜貨店嗎？我問自己，我是不是只去拿自己需要的食物就好？

如果店裡頭一個人都沒有，還算搶劫嗎？如果到處都沒有人呢？

有什麼關係，我還有什麼事好在乎的？

「我怎麼照顧自己？我才十二歲而已啊！」我大叫。

這句英文怎麼說

有人在客廳裡走動。
Someone walking in the living room.

我生平第一次想痛哭一場，我又咬了一大口三明治，把那股衝動拋開了。

我沒哭，反而想到了茱蒂斯，心中的不快與恐懼很快便被憤怒所取代了。

如果茱蒂斯沒有嘲笑我，沒有讓我出醜。如果茱蒂斯沒有一再嘲弄我，說「伯勞，妳爲什麼不飛走啊！」，還有那些惡毒的話，那麼我絕不會去詛咒她，現在也就不會這樣孤單單一個人了。

「我恨妳，茱蒂斯！」我尖聲大叫。

我把最後一口三明治塞進嘴裡——但我沒去詛嚼。

我僵住了，尖著耳朵聆聽。

我聽到一個聲音。

是腳步聲，有人在客廳裡走動。

21.

我把三明治整個吞下去，然後噙著眼淚走到客廳，「媽？爸？」

他們回來了嗎？他們眞的回來了嗎？

沒有。

我在客廳門口停住腳，眼裡見到的是卡麗莎。她就站在客廳中央，黑髮映著前窗的天光，臉上掛著愉悅的笑容。

她豔紅色的披肩垮垮的披在肩上，長長的黑外衣下，是件白色的高領衫。

「是妳！」我氣喘吁吁的叫道，「妳是怎麼進來的？」

女人聳聳肩，笑得更燦爛了。

「妳爲什麼要這樣對我？」我大發雷霆的罵道，「妳怎麼能對我做這種事？」

這句英文怎麼說

你是怎麼進來的？
How did you get in?

我指著空蕩的房間和屋子問。

「我沒有啊。」她輕輕的回答。

女人走到窗邊，她的皮膚在明亮的午后陽光中蒼白而發皺，顯得異常的蒼老。

「可是——可是——」我氣到講不出話來。

「是妳自己造成的，」她說，一邊收住笑容，「願是妳許的，我只是讓它實現而已。」

「我可沒要我家人消失啊！」我怒斥道，大步走入房裡，雙手緊握著拳，「我又沒許願要世界上每個人都消失！是妳！是妳！」

「妳要茱蒂斯．貝伍消失，」卡麗莎調整肩上的披肩說，「我只是就自己的能力，儘量幫妳達成願望罷了。」

「不，妳騙了我！」我憤怒的說。

女人竊竊笑了起來，「魔法總是很難預料的，」她說，「我猜到妳會對自己的第二個願望不滿意，所以才又回來啊。妳還有一個願望，現在妳想許願了嗎？」

「是的！」我大叫，「我要我的家人回來，我要所有人回來，我——」

「小心哪！」女人警告著說，她將紅玻璃球自紫袋子中取出來，「許最後一個願前，請先三思。我是想報答妳對我的好，並不希望許願的結果令妳不開心。」

我想回話，卻頓住了。

女人說的沒錯，我得小心。

這次我得許下正確的願望，而且還得把話說對。

「慢慢想吧。」女人輕聲催道，「既然這是妳最後一個願望，就永遠改不了了！要非常謹慎。」

我看著她的眼睛由黑轉紅，映著她手中紅球的光華，我努力思索。

我該許什麼願？

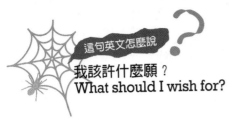

22.

雲影蔽日，客廳窗口的天光隨之淡去，老婦人的臉孔變得格外的陰沉。她眼底飄著深黑的陰影，額上皺紋橫生，整個人似乎陷入了黑暗中。

「我的願望是……」我顫著聲，緩慢而小心翼翼的說。我希望推敲每個字，這回不想再捅漏子了。

我不想讓她再有機會騙我。

「我在聽。」女人低聲說，她的臉現在完全被陰影籠罩了，只剩一對眼睛散放著火般的紅光。

我清清嗓子。

深深吸了口氣。

「我的願望是，」我小心的重述道，「我希望一切回復正常，我希望每件事都跟原來的一樣——不過——」

我猶豫不決。

我該不該把這段說完？

說呀！

我告訴自己。

「我希望每件事都回復原本的模樣——不過我希望茱蒂斯把我當成全世界最棒的人！」

「我將讓妳實現第三個願望，」女人高舉著玻璃球說，「妳的第二個願望會被取消，時光將回到今天早上。再見了，莎曼莎。」

「再見。」我說。

紅光將我團團圍住。

當紅光消逝時，卡麗莎也消失了。

這句英文怎麼說

我該不該把這段說完？
Should I finish this part of it?

「莎曼！莎曼——起床啦！」

媽媽的聲音從樓下傳進我房裡。

我在床上坐直身子，一下全醒了。

「媽！」我高興得大叫。

我記得每件事，記得走到無人的房子，站在無人的世界上，也記得自己的第三個願望。

可是時光已經倒回到今天早上了，我瞄了一眼時鐘，七點鐘。媽跟平日一樣在此時喊我起床。

「媽！」我跳下床，穿著睡衣衝下樓，開心的張開手臂環住她，緊緊抱住我親愛的媽媽。

「媽咪！」

「莎曼？妳還好吧？」媽往後退開，一副丈二金剛摸不著頭腦的表情，「妳發燒了嗎？」

「早安！」我歡呼著抱住了南瓜，南瓜也嚇了一跳。

「爸還在家裡嗎？」我急著想見他，想知道他也回來了。

「他幾分鐘前剛走。」媽狐疑的打量著我。

「噢，媽媽！」我大叫，完全無法掩飾心中的快樂，我又一把抱住她。

「哇。」我聽見朗恩從我身後走進廚房。

我轉頭看到他正盯著我，鏡片後的眼睛不可置信的瞇著，我跑過去一把將他抱住。

「媽——妳在她的柳橙汁裡放了什麼？」朗恩問，一邊將我掙脫，一邊說，「噁心死了，放開我啦！」

媽聳聳肩，「別叫我解釋你妹妹的行爲。」媽冷冷的答道，然後轉身面對廚房的大小櫃子，「去換衣服，莎曼，可別遲到了。」

「多美好的早晨啊！」我歡呼說。

「是啊，是很美。」朗恩打著呵欠重述道，「妳一定做了美夢或什麼的吧，莎曼。」

我大聲笑著，匆匆跑上樓去換衣服。

這句英文怎麼說

多美好的早晨啊！
What a beautiful morning.

我等不及去學校了，我等不及看到自己的朋友，看到走廊上再次充滿著交談聲與開懷大笑的面容。

我拚命踩著車，每有車輛經過，便咧嘴而笑。能再度看到人群眞是太好了，我向對街的米勒太太揮手，彎身幫她撿早報。

我甚至不介意卡特家的狗狗追我的車、拚命狂吠，還來咬我的腳踝了。

「乖狗狗！」我愉快的大喊。

每件事都恢復正常了，我告訴自己，每件事都如此的美好，都跟平時一樣了。

我打開學校前門，聽到儲物櫃門乒乒乓乓的開闔聲，及學生們相互喊來喊去的聲音。

「太棒了！」我歡呼道。

我走向自己的儲物櫃時，一名六年級生擠過角落跟我撞個正著，差點把我撞倒，我並未氣得大吼，只是傻傻的發笑。

能回到學校，回到擁擠嘈雜的學校中，實在太令人開心了。

我打開儲物櫃的鎖將門拉開，臉上依然掛著笑容，並愉快的招呼穿廊而過的朋友。

我還跟我們的校長，雷諾太太道早安哩！

「嘿——大鸛鳥！」一個七年級男生喊我。他扮了個鬼臉，然後轉過身去消失了。

沒關係，我不在乎別人怎麼叫我。

聽到這麼多的聲響，實在太美妙了！

就在我脫外套時，我看到茱蒂斯和安娜來了。

她們兩人正忙著搶話講，不過茱蒂斯一看到我，便停住了。

「嗨，茱蒂斯。」我頗有戒心的喊道。

不知茱蒂斯這下子會變成什麼樣子，她會用不同的方式待我嗎？會不會對我好一些？

她會記得我們曾經如何的憎恨對方嗎？

她會不會有任何的改變？

這句英文怎麼說

她會不會有任何的改變？
Would she be any different at all?

茱蒂斯輕輕對安娜揮揮手後，飛快的向我跑來，「早啊，莎曼。」她說，露出一抹微笑。

接著她脫掉羊毛滑雪帽——我心頭一震。

23.

「茱蒂斯——妳的頭髮！」我吃驚的大叫。

「喜歡嗎？」茱蒂斯熱切的盯著我問。

她把頭髮剪成跟我一樣短了，而且還在一側綁了個馬尾——跟我完全一樣！

「我——我想是吧……」我結巴得說不出話來。

茱蒂斯鬆了口氣，並朝我一笑，「噢，眞高興妳喜歡，莎曼！」她滿心感激的說，「看起來跟妳的髮型一樣，對吧？我有沒有剪太短？妳覺得該留長一點嗎？」她仔細研究我的頭髮，「我覺得妳的好像比較長一點。」

「不，不會，妳的頭髮很……很好，茱蒂斯。」我告訴她，同時往自己的儲物櫃退去。

這句英文怎麼說

你在做什麼？
What are you doing?

「當然不會有妳的好看啦。」茱蒂斯繼續望著我的馬尾說，「我的頭髮沒妳的漂亮，沒妳的細，而且顏色太深了。」

我簡直不敢相信！

「看起來很好看啊。」我輕聲說。

我脫下外套掛到儲物櫃，然後彎身去拿背包。

「我幫妳提。」茱蒂斯堅持的說，她把書包從我手上硬搶過去，「眞的！我很樂意喲，莎曼。」

我正要拒絕，卻被安娜打斷了。「妳在做什麼？」她冷冷瞄了我一眼，問茱蒂斯說，「我們去上課吧。」

「妳自己去，」茱蒂斯答道，「我要幫莎曼提背包。」

「呃？」安娜張大了嘴，「妳發神經啦，茱蒂斯？」她問。

茱蒂斯不理會安娜，逕自轉身看我，「我好喜歡那件T恤哦，莎曼，是條紋的對吧？妳是在Ｇａｐ（註）買的嗎？我也是在那裡買的耶！妳瞧，我跟妳穿一樣的衣服。」

我詫異的瞪大眼睛，沒錯，茱蒂斯穿了跟我同款的衣服，只是她的是灰色的，而我的是淡藍的。

「茱蒂斯——妳到底哪裡有毛病？」安娜問，一邊在唇上塗著第二十層豔橘色的口紅。

「妳的頭髮是怎麼弄的？」她大叫，突然注意到茱蒂斯的新髮型。

「看起來是不是跟莎曼的一樣？」茱蒂斯用手撥著馬尾問她。

安娜翻著白眼，「茱蒂斯，妳是瘋了還是怎麼了？」

「妳別煩好不好，安娜，」茱蒂斯答道，「我想跟莎曼說話——行嗎？」

「呃？」安娜像在敲門似的敲敲茱蒂斯的頭，「妳頭殼壞掉啦？」

「待會兒見，行嗎？」茱蒂斯不耐煩的說。

安娜嘆口氣，然後忿忿的走開了。

茱蒂斯轉向我說：「我能請妳幫個忙嗎？」

「可以，當然了。」我答，「什麼樣的忙？」

她將我的背包放到她左肩，她自己的則掛在右肩。「今天下午能不能教我練

這句英文怎麼說

我能請你幫個忙嗎？
Can I ask you a favor?

罰球？」

我不確定是不是聽錯了，我瞪著她，下巴都快掉下來了。

「可以嗎？」她求我，「我真的很想用妳的方式來罰球。妳知道嗎？就是那種下投式投法，我相信用妳那種方式投球，射球可以控制得更好。」

這太誇張！太誇張了！

我望著茱蒂斯，看見她眼底誠摯的崇拜！

她是本隊最佳的罰球射手啊，而她卻在這兒求我教她用我那種驢方式射球！

「好吧，沒問題，我會努力教妳的。」我告訴她。

「噢，謝謝妳，莎曼！」她感激的說。「妳實在太夠意思了！等一下我可以跟妳借社會課筆記嗎？我的抄得太亂了。」

「嗯……」我若有所思的說，我的筆記亂到連自己都看不懂。

「我一抄完就還給妳，我保證。」茱蒂斯連氣都快喘不過來了，大概是兩個背包太重了吧。

「好吧，我借妳就是了。」我告訴她說。

我們朝教室走去，幾名學生停下腳步看著肩頭掛了兩個背包的茱蒂斯。

「妳在哪兒買的馬汀大夫鞋？」走進教室時茱蒂斯問道，「我想買雙跟妳一樣的。」

太好笑了！我心裡十分得意的想，這實在太勁爆了！

茱蒂斯的改變眞是令人絕倒，我得拚命忍住才不至於放聲大笑。

我不知道的是，我的笑聲不久就要變成恐懼了。

註：美國服飾品牌。

這句英文怎麼說

事情變得令人非常尷尬。
It started to get really embarrassing.

24.

事情變得令人非常尷尬，茱蒂斯老是黏著我不放。

我走到哪，她就跟到哪。

我起身去削鉛筆，她也跟著我去削鉛筆。

上拼字課時我口渴了，問莉莎老師可不可以去飲水機喝點水，當我彎身喝水時，一轉身便看到茱蒂斯站在我身後。

「我跟妳一樣，喉嚨也在發乾耶。」她假裝咳了一聲說。

後來自習課時，茱蒂斯一直跟我講話講個不停，莉莎只好把我們兩個分開。

午餐時，我照例坐在柯里對面，我才剛開始跟他講茱蒂斯的新態度時——這位曹操就立刻出現在我們的餐桌邊了。

「你能不能挪過去一個位置？」她問坐在我旁邊的小鬼，「我想坐在莎曼旁邊。」

那小鬼挪開了，茱蒂斯把餐盤擺到桌上，一屁股坐下來。「要不要交換午餐？」她問我，「妳的看起來比我的好吃多了。」

我手裡正拿著一份鮪魚三明治，「這個嗎？」我揮揮溼軟的三明治問，裡邊的碎鮪魚掉了一半出來。

「看起來好好吃哦！」茱蒂斯歡呼似的說，「要不要我的披薩，莎曼！拿去吧。」

她把餐盤推到我面前，「妳的午餐是最棒的，我眞希望我媽媽幫我帶的午餐跟妳的一樣。」

我看到柯里在對桌上瞪大眼睛望著我，滿臉的不可置信。

我眞的也不敢相信，茱蒂斯一心想學我！

幾張桌子外，安娜獨自一個人靠著牆邊坐著，看起來非常鬱卒。我看到她皺著眉頭猛往我們桌子瞄，然後又很快的垂下眼去吃飯。

這句英文怎麼說

你能不能挪過去一個位置？
Could you move down a seat?

吃過飯後，茱蒂斯尾隨我到我的儲物櫃，她幫我把書和筆記拿出來，還問能不能幫我拿背袋。

一開始我還覺得這樣挺有趣的，但後來就覺得不勝其煩，而且糗斃了。

我看到學生們對我們大笑，班上有兩個男生還竊竊發笑的跟著我們走到禮堂。我聽見其他人在禮堂裡談論茱蒂斯和我的事，當茱蒂斯和我一起經過時，大家就停下來，可是我從他們臉上看到好笑的神情。

我發現，因爲茱蒂斯對我的態度，使我看起來像個混蛋！

全校的人都在笑話我們！

「妳要戴矯正器嗎？」回教室時茱蒂斯問我，「有人告訴我說妳要去戴矯正器。」

「是啊，我是要戴。」我翻著白眼嘀咕的說。

「太好了！」茱蒂斯叫道，「那我也要去戴！」

放學後，我匆匆來到體育館打算練球。被許願的事情一搞，我都忘了我們下午有場比賽哩。

艾德蒙中學女籃隊的球員已經在場上練球暖身了，她們的球大多都投進籃了，這票女生看來既高大又強悍，據聞她們是很棒的球隊——看起來也眞的像這麼回事。

我很快換好衣服，跑出更衣室。

隊友們正圍著艾倫，聽她做最後指示。我跑過去，心中暗自祈禱自己比賽時別出太多糗。

茱蒂斯看到我加入衆人，對我笑了笑，然後令我尷尬至極的大叫：「她來了！我們的大明星來了！」

安娜和其他人自然捧腹大笑了。

可是她們的笑聲很快便打住了，因爲茱蒂斯打斷艾倫對大家說：「比賽開始前，我覺得我們應該選莎曼做隊長。」

「妳開什麼玩笑！」安娜叫道。

幾個女孩笑出聲來，艾倫十分不解的瞪著我。

「我們的最佳球員應該當隊長，」茱蒂斯還是一臉認眞的說，「所以應該由

這句英文怎麼說

我們的最佳球員應該當隊長。
Our best player should be captain.

莎曼擔任隊長，而不是我。贊成的人請舉手。」

茱蒂斯高高舉起手，其他人則毫無反應。

「妳到底哪裡有病啊？」安娜惡毒的問茱蒂斯，「妳到底想做什麼，茱蒂斯——妳想把我們的球隊整垮嗎？」

茱蒂斯和安娜為此激烈的吵了起來，艾倫只得將她們兩人分開。

艾倫望著茱蒂斯的樣子，彷彿當她瘋了，接著她說：「隊長的事我們以後再說吧，現在大家上場去，好好打球，好嗎？」

這場球打得慘不忍睹。

茱蒂斯從頭到尾學我打球。

如果我運球時絆到腳，茱蒂斯也就會邊運球邊絆到自己。如果我球沒傳好，被對方攔截掉了，茱蒂斯就跟著傳顆壞球。

我在上籃時沒進，茱蒂斯也如法炮製，下次拿到球時，故意失掉球。

於是失誤接二連三的發生——正因為茱蒂斯在學我，失誤是以前的兩倍！

而整場比賽中，茱蒂斯不斷的拍手大叫，為我打氣。「打得好，莎曼！好球，莎曼！妳是最棒的，莎曼！」

實在煩死人了！

艾德蒙隊的女生對我們竊竊發笑，當茱蒂斯也學我，一頭栽到看臺上時，她們簡直笑到快歪掉了。

安娜和其他隊友可笑不出來，大家的臉又臭又長。

「妳是在故意攪局！」球賽進行一半時，安娜指責茱蒂斯說。

「我才沒有！」茱蒂斯尖聲反駁。

「妳為什麼學那個笨蛋？」我聽見安娜問。

茱蒂斯一把揪住她，將她擊倒，她們兩人在地上憤怒的扭成一團，狂亂的尖叫著撕抓對方。

艾倫和裁判合力出手，才制止兩人的打鬥。兩個女生被狠狠的訓斥了一頓後，遣往休息室去了。

艾倫要我退場坐到長凳上，我樂得聽命，因為我眞的不想再打了。

這句英文怎麼說

可是我能怎麼辦？
But what could I do?

我觀看著剩下的球賽，心思卻怎麼也無法集中。我一直想到那最後的第三個願望，又被我搞砸了。

我悲慘的發現，讓茱蒂斯崇拜我，跟讓她恨我一樣糟！當她恨我時，至少不會黏著我不放！

我已經許三個願了，每一個都是一場夢魘。

如今茱蒂斯緊巴著我，崇拜我的一言一行，像乞憐的小狗般奉承著我——簡直令人厭煩到無以復加！

老實說，我還眞想念她當著全班面戲弄我，跟在後頭喊我：「伯勞，妳爲什麼還不飛走啊！妳爲什麼不飛走呀，伯勞！」的日子。

可是我能怎麼辦？

三個願望全用完了。

難道我下半輩子都沒法甩掉茱蒂斯嗎？

這場球我們輸掉了十五或十六分，我沒怎麼留意分數，只是一心想離開球場。

可是當我拖著步子到休息室換衣服時，茱蒂斯卻等著我。

她遞上毛巾，叫道：「打得好！」還高舉著手跟我擊掌。

「呃？」我只能百無聊賴的看著她。

「吃完晚飯後我們可以一起念書嗎？」她用哀求的眼神問我，「拜託啦，妳可以教我代數，妳的代數比我強多了，簡直是個代數天才。」

幸運的是，晚飯後我得跟爸媽去探望阿姨，因此有很好的理由不陪她看書。

不過明晚我能找什麼藉口呢？

還有接下來，以及接下來的日子？

我阿姨病了，去看她是希望她心情好些。我沒怎麼善盡探病的任務，因為我幾乎一句話都沒說。

我無法不去想茱蒂斯的事。

我該拿她怎麼辦？我可以發頓脾氣，叫她少來煩我。可是我知道不會有用，我許了願，要她把我當成世上最棒的人，茱蒂斯現在被施了法，被水晶女的咒語

這句英文怎麼說

她是我們班的。
She's in my class.

控制住了。

叫她滾開，她一定還是不會放棄的。

我可不可以對她視而不見？很難，因爲她是十足的跟屁蟲，不斷對我發問，像個僕人似的乞求爲我服務。

我能怎麼辦？怎麼辦？

回家一路上，我都在想這個問題，連爸媽都注意到我的心不在焉。

「怎麼了，莎曼？」開車回家時，媽媽問道。

「噢，沒事。」我謊稱，「我只是在想功課而已。」

當我們抵達家門時，電話答錄機上有我四個留言，全是茱蒂斯打來的。

老媽好奇的瞪著我，「奇怪了，我不記得妳們以前是朋友啊！」她說。

「是啦，她是我們班的。」我告訴媽。我懶得解釋，反正知道自己解釋不來。

我匆匆回自己房間，覺得渾身虛脫，想來是因爲擔驚受怕的緣故吧。我換好睡衣，關掉燈，爬上床。

我躺在床上凝視天花板半晌，看窗外樹影搖來晃去。我想要釐清自己的思

緒，想像著毛絨絨的白色綿羊跳過朵朵蓬鬆的白雲。

就在快要沉入夢鄉之際，我聽見地板發出吱吱嘎嘎的聲音。

我張大眼，看見衣櫃上出現一團晃動的黑影。

有人在我房裡，我乾乾的叫出聲來。

在我還來不及移動前，手臂便被一隻乾熱的手抓住了。

這句英文怎麼說

我——我快窒息了！
I—I'm going to choke!

25.

我想要尖叫，可是那手滑到我嘴上。

我——我快窒息了！我因驚懼而動彈不得，我心想，我沒辦法呼吸了！

「噓——別叫！」攻擊者低聲說。

燈亮了。

那手從我嘴上鬆開。

「茱蒂斯！」我粗聲罵道，聲音幾乎哽在喉嚨裡。

茱蒂斯對我笑了笑，一對綠眼興奮的發亮，她手放在唇上說，「噓。」

「茱蒂斯——妳在這裡做什麼？」我終於叫出聲來，心臟卻依舊噗通噗通的亂跳，連氣都喘不上來。「妳是怎麼進來的？」

「你們家後門沒鎖，」她低聲說，「我躲在衣櫃裡等妳，結果不小心睡著了。」

「可是為什麼？」我坐起身，雙腳放到地上，氣得問道，「妳想做什麼？」

她的笑容消失了，嘴巴噘了起來，「妳說我們可以一起看書的，」她用小女孩的聲音說，「所以我才在這兒等妳呀，莎曼。」

我受夠了，「滾出去！」我大叫。

我正想破口大罵，卻被敲門聲嚇得立即閉嘴。

「莎曼——妳沒事吧？」爸的聲音傳進來，「妳在跟人說話嗎？」

「沒有，爸，我沒事。」我說。

「妳是不是在講電話？」爸懷疑的問，「這麼晚了，不該打電話吵別人哦。」

「沒有啦，我現在就要睡了。」我說。

一直等聽見老爸走下樓，我才轉身對茱蒂斯說，「妳得回家去，」我壓低聲說，「等到沒人妳就走——」

「為什麼？」茱蒂斯十分受傷的問，「妳說我們要一起念代數的呀。」

「我才沒那麼說！」我叫道，「反正太晚了，妳得回家去。妳爸媽一定擔心

這句英文怎麼說

你在跟人說話嗎？
Are you talking to someone?

死了，茱蒂斯。」

茱蒂斯搖搖頭，「我是偷溜出來的，他們以爲我在睡覺。」她笑著說，「不過妳能替我父母著想，眞是太好了，莎曼。妳眞是我認識中最體貼的女孩。」

她那蠢不可及的讚美，越發令我火大，我氣得巴不得用手把她撕了。

「我愛死妳的房間了，」茱蒂斯快速的瞄了一眼說，「所有海報都是妳自己挑的嗎？」

我惱得低吼。

「茱蒂斯，妳給我回家去——現在就走！」我咬著牙一字一字的說，也許這樣她能聽進我的話。

「我們明天可以一起看書嗎？」她懇求說，「我眞的需要妳幫忙，莎曼。」

「也許吧，」我答道，「不過妳不能再溜進我房裡了，而且——」

「好漂亮哦，」茱蒂斯讚道，「妳那件睡衣在哪兒買的？那條紋眞美，我眞希望我也有一件那樣的睡衣。」

我示意要她別說話，然後溜到走廊上。

所有的燈都關了，爸媽已經就寢了。

我一路拖著茱蒂斯，躡手躡腳，一步一步的走下樓去。我將她推出前門，輕聲將門闔上。

我站在黑漆漆的門口，重重喘著氣，腦子裡飛快的想著。

我該怎麼辦？我該怎麼辦？我該怎麼辦？

我輾轉反側了好幾個小時才入睡。

當我終於睡著時，卻又夢見了茱蒂斯。

「妳看起來很沒精神，親愛的。」早餐時媽說了。

「我沒睡好。」我承認道。

當我走到前門，打算去上學時，茱蒂斯已經等在車道旁了。

她衝我笑，並開心的揮著手。「我們今早可以一起走路上學。」她吱吱喳喳的說，「不過如果妳想騎腳踏車，我也可以陪妳用跑的喲。」

「不要！」我尖叫，「不要！拜託妳——別這樣！」

這句英文怎麼說

我沒睡好。
I didn't sleep very well.

我完全失控，再也受不了啦！

我丟下書包，拔腿就跑。我並不知道自己要跑向哪兒，可是誰還在乎啊！

我只知道自己得甩開茱蒂斯。

「莎曼——等一等！等一等啊！」

我轉頭看見茱蒂斯追著我跑，「不要，拜託妳走開！走開！」我尖叫。

可是茱蒂斯腳底加速，球鞋重重踩在人行道上，漸漸趕了上來。

我跑到別人家的院子，跑到矮樹叢後，想要擺脫她。

我不知道自己在做什麼，心裡既無盤算，也無目的，只是非逃不可！

這會兒我正穿越各家的後院，越過車道，來到車庫後。

茱蒂斯則緊追不放，短短的馬尾隨著步履上下搖晃，「莎曼——等等我呀！莎曼！」

她上氣不接下氣的叫著。

突然間，我穿過了林子，那是一片糾結密實的樹林與高長的雜草，我撥開枝葉，先是往東，接著往西，躍過垂倒的樹枝，跳入一堆厚厚的枯葉裡。

我得甩開她！我告訴自己，我一定得逃開。

我絆到突起的樹根，跌倒了，趴在厚厚的枯葉堆上。標準的突槌動作。

一秒鐘後，茱蒂斯站到我跟前了。

這句英文怎麼說

我只是想報答你的好心。
I was trying to repay your kindness.

26.

我在地上抬眼一看——驚訝的發現對方並不是茱蒂斯。

卡麗莎正彎身看我，紅色的披肩緊緊圈在肩上，黑眼珠定定的瞅著我。

「妳！」我氣得大吼，一邊掙扎著站起來。

「妳不快樂。」卡麗莎皺著眉輕聲說。

「妳的願望毀了我一生！」我氣憤的拍掉胸口的枯葉後對她說。

「我不希望妳不快樂，」女人答道，「我只想報答妳的好心。」

「眞希望我從沒遇見過妳！」我怒吼。

「好吧。」她用一隻手舉起圓圓的紅水晶球，球舉起時，她的黑眼睛也發出跟水晶球一樣的紅光。

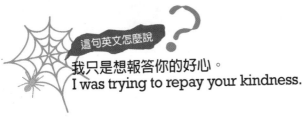

「我將取消妳的第三個願望，讓妳許最後一個願。既然妳這麼不快樂，我就再多賜妳一個願吧。」

我聽到背後枯葉踩碎的聲音越逼越近，茱蒂斯快趕來了。

「我——我希望我從沒遇見過妳！」我對水晶女大叫，「我希望遇見妳的人是茱蒂斯，不是我！」

紅光越來越強，直至我身邊包圍著炫目的光芒。

紅光退去後，我發現自己正站在樹林邊。

好險！我心想，真是如釋重負！

令人鬆了一大口氣！

我實在太幸運了！

我看到茱蒂斯和卡麗莎站在一大片樹影下，兩人靠在一起，你來我往的談著話。

這個報復實在太妙了！我告訴自己，現在茱蒂斯就要許願了——她的生活將要毀於一旦了！

這句英文怎麼說

我希望我從沒遇見過你！
I wish I'd never met you!

我咯咯發笑，豎著耳朵，想聽她們說些什麼。我實在很想知道茱蒂斯許了什麼願。

我很確信自己聽到茱蒂斯說：「伯勞，妳爲什麼不飛走啊！」

可是這話沒道理嘛。

我實在太開心了，歡喜得幾欲發狂！

我自由啦，完全自由了！

我突然覺得自己很不一樣，變得更輕盈，更快樂了。

讓茱蒂斯去許願吧！我愉快的想，讓她瞧瞧會有什麼後果。

我抬起頭，看見一隻肥碩的蚯蚓將頭鑽出了地表，突然覺得飢腸轆轆起來。

我猛然將頭往前一伸，咬住蟲尾，將牠吞下去。

好吃！

我拍拍翅膀，試試風速。

然後起飛，劃過樹林。

清涼的微風吹在羽毛上，感覺舒爽極了。

我奮力拍著翅膀，飛向更高的天際。

我望向下方，看到茱蒂斯就站在卡麗莎身邊。

茱蒂斯從地面仰頭看我，我想她的第一個願望實現了——因爲她的臉上掛著燦爛無比的笑容！

本人的字實在寫得不怎麼工整。
I'm not the neatest writer in the world.

柯里說，茱蒂斯只是在嫉妒我而已。
Cory says that Judith is just jealous of me.

我知道錯在哪裡了！
I see the problem.

四加二是多少？
What's four plus two?

你會惹麻煩的。
You'll get into trouble.

你在想什麼？
What are you thinking about?

她假裝絆了一下。
She pretended to trip.

那是雙全新的鞋耶！
They were brand-new shoes!

真的是意外嘛！
It really was an accident!

你剛才叫我什麼？
What did you call me?

痛楚立時傳遍我的全身。
The pain shot through my entire body.

我真的以為自己掛了。
I really thought I was dead meat.

我心想，最好還是掉頭騎回家吧。
I decided I'd better turn around and ride home.

我好像迷路了。
I seem to have lost my way.

- 你能帶我過去嗎？
  Can you take me there?
- 我們快到了。
  We're almost there.
- 小心！
  Look out!
- 我想報答你。
  I want to repay you.
- 你的願望將會實現。
  Your wishes will come true.
- 我鬆了一大口氣。
  I breathed a sigh of relief.
- 籃球練得還好嗎？
  How was basketball practice?
- 我們會弄濕的。
  We're going to get soaked.
- 一點都不好笑。
  It wasn't funny.
- 第一個願望沒有成真。
  The first wish hadn't come true.
- 你在哪裡？
  Where are you?
- 怎麼回事？
  What's going on?
- 放學後你會來賽球嗎？
  Are you coming to the game after school?
- 我實在很怕打這場球。
  I was really dreading this game.

- 別用走的！用點勁啊！
  Don't walk! Let's look alive!
- 安娜大聲打著呵欠。
  Anna was yawning loudly.
- 我覺得好累哦！
  I feel so tired.
- 我怎麼可以這麼混蛋？
  How could I have been such a jerk?
- 為什麼你的精神這麼好？
  How come you're so peppy?
- 我到底對妳們做了什麼？
  What have I done to you?
- 你是說真的嗎？
  You mean you're for real?
- 他們去看醫生了。
  They went to the doctor.
- 我們得去上課了。
  We're got to get to class.
- 我有點不舒服。
  I feel a little sick.
- 可是我不想戴矯正器！
  But I don't want braces!
- 她怎麼會知道？
  How did she know?
- 我認為你對我們施了咒。
  I think you cast a spell on us.
- 我真的很緊張。
  I'm really stressed out.

- 你迷路了嗎？
  Are you lost?
- 根本是在浪費時間嘛！
  A total waste of time.
- 你還好嗎？
  How are you feeling?
- 你嫉妒我。
  You were jealous of me.
- 對不起，我現在就走。
  I'm sorry. I'll go now.
- 我不是那個意思！
  I didn't mean it!
- 怎麼會這麼巧！
  What an amazing coincidence!
- 我的願望會實現嗎？
  Had my wish come true?
- 我鬆了一大口氣。
  I breathed a sigh of relief.
- 今天怎麼沒人叫我起床？
  How come no one woke me today?
- 今天是週末嗎？
  Is it the weekend?
- 我睡過頭了。
  I over slept.
- 有人聽到我說話嗎？
  Can anybody hear me?
- 我能不能再見到他們？
  Would I ever see them again?

我拒絕放棄希望。
I refused to give up hope.

有人在客廳裡走動。
Someone walking in the living room.

你是怎麼進來的？
How did you get in?

我該許什麼願？
What should I wish for?

我該不該把這段說完？
Should I finish this part of it?

多美好的早晨啊！
What a beautiful morning.

她會不會有任何的改變？
Would she be any different at all?

你在做什麼？
What are you doing?

我能請你幫個忙嗎？
Can I ask you a favor?

事情變得令人非常尷尬。
It started to get really embarrassing.

你能不能挪過去一個位置？
Could you move down a seat?

我們的最佳球員應該當隊長。
Our best player should be captain.

可是我能怎麼辦？
But what could I do?

她是我們班的。
She's in my class.

- 我——我快窒息了！
  I—I'm going to choke!
- 你在跟人說話嗎？
  Are you talking to someone?
- 我沒睡好。
  I didn't sleep very well.
- 我只是想報答你的好心。
  I was trying to repay your kindness.
- 我希望我從沒遇見過你！
  I wish I'd never met you!

給你一身雞皮疙瘩！

木偶驚魂III
Night of the Living Dummy III

「它」……三度來叩門！

崔娜的父親曾是一位腹語表演者，
這就是為什麼她家閣樓上會有那麼多的木偶。
崔娜和弟弟丹都覺得木偶挺酷的。
但是閣樓上開始出現怪聲，
而且木偶們不斷在最奇怪的地方出現。
但木偶不可能會有生命吧……不是嗎？

鄰屋幽靈
The Ghost Next Door

有關那個男孩的一切是那麼的神秘……

漢娜今年的暑假過得很沒趣，直到有一天，
她發現隔壁的空房子有人住了，而且還是個小男孩。
但是昨晚房子還是空的啊？他們是什麼時候搬來的？
那個男孩總是突然出現、又莫名其妙消失。
而且，他臉色是那麼的蒼白，從屋頂摔下來都毫髮無傷。
這究竟是怎麼回事？漢娜有了奇怪的猜想……

每本定價 199 元

雞皮疙瘩系列 18

許願請小心

國家圖書館出版品預行編目 (CIP) 資料

許願請小心　/ R. L. 史坦恩 (R. L. Stine) 著 ; 柯清心　譯 .
-- 2 版 . -- 臺北市 : 商周出版 : 家庭傳媒城邦分公司發行 ,
民 105.01 176 面 ; 14.8 x 21 公分 . -- (雞皮疙瘩系列 ;18)
譯自 :Be Careful What You Wish For...
ISBN 978-986-272-954-0(平裝)
874.59　　104027331

原 著 書 名── Be Careful What You Wish For...
原 出 版 社── Scholastic Inc.
作　　　者── R.L. 史坦恩（R.L.STINE）
譯　　　者── 柯清心
責 任 編 輯── 劉枚瑛、何若文

版　　　權── 翁靜如、吳亭儀
行 銷 業 務── 林彥伶、石一志
總　編　輯── 何宜珍
總　經　理── 彭之琬
發　行　人── 何飛鵬
法 律 顧 問── 台英國際商務法律事務所 羅明通律師
出　　　版── 商周出版
臺北市中山區民生東路二段 141 號 9 樓
電話：(02) 2500-7008 傳真：(02) 2500-7759
E-mail：bwp.service @ cite.com.tw
發　　　行── 英屬蓋曼群島商家庭傳媒股份有限公司城邦分公司
臺北市中山區民生東路二段 141 號 2 樓
讀者服務專線：0800-020-299 24 小時傳真服務：(02)2517-0999
讀者服務信箱 E-mail：cs @ cite.com.tw
劃 撥 帳 號── 19833503 戶名：英屬蓋曼群島商家庭傳媒股份有限公司城邦分公司
訂 購 服 務── 書虫股份有限公司客服專線：(02)2500-7718；2500-7719
服務時間：週一至週五上午 09:30-12:00；下午 13:30-17:00
24 小時傳真專線：(02)2500-1990；2500-1991
劃撥帳號：19863813 戶名：書虫股份有限公司
E-mail：service@readingclub.com.tw
香港發行所── 城邦（香港）出版集團有限公司
香港 灣仔 駱克道 193 號東超商業中心 1 樓
電話：(852) 2508-6231 傳真：(852) 2578-9337
馬新發行所── 城邦（馬新）出版集團
Cité(M) Sdn. Bhd. 41, Jalan Radin Anum,
Bandar Baru Sri Petaling, 57000 Kuala Lumpur, Malaysia.
電話：(603)9057-8822 傳真：(603)9057-6622
商周出版部落格── http://bwp25007008.pixnet.net/blog
政院新聞局北市業字第 913 號

美 術 設 計── 王秀惠
印　　　刷── 卡樂彩色製版有限公司
經　銷　商── 聯合發行股份有限公司 新北市 231 新店區寶橋路 235 巷 6 弄 6 號 2 樓
電話：(02)2917-8022 傳真：(02)2911-0053

■ 2003 年（民 92）02 月初版
■ 2021 年（民 110）10 月 07 日 2 版 2 刷
■ 定價 / 199 元
著作權所有，翻印必究
ISBN 978-986-272-954-0

Goosebumps : vol.#12 Be Careful What You Wish For...
Copyright ©1993 by Parachute Press, Inc.
Complex Chinese translation copyright © 2003 by Business Weekly Publications,
a division of Cite Publishing Ltd.
Published by arrangement with Scholastic Inc.,
557 Broadway, New York, NY 10012, USA.
GOOSEBUMPS,［雞皮疙瘩］and logos are trademarks of Scholastic, Inc.
All Right Reserved

Printed in Taiwan
城邦讀書花園
www.cite.com.tw

商周出版

廣　告　回　函
北區郵政管理登記證
台北廣字第000791號
郵資已付，免貼郵票

104 台北市民生東路二段 141 號 9 樓
城邦文化事業（股）有限公司
商周出版 收

請沿虛線對摺，謝謝！

Goosebumps
雞皮疙瘩

商周出版

書號：BG7058　　書名：許願請小心　　編碼：

商周出版

讀者回函卡

謝謝您購買我們出版的書籍！請費心填寫此回函卡，我們將不定期寄上城邦集團最新的出版訊息。

姓名：＿＿＿＿＿＿＿＿＿＿ 性別：□男 □女

生日：西元＿＿＿＿年＿＿＿＿月＿＿＿＿日

聯絡地址：＿＿＿＿＿＿＿＿＿＿

聯絡電話：＿＿＿＿＿＿＿＿ 傳真：＿＿＿＿＿＿＿＿

E-mail：＿＿＿＿＿＿＿＿＿＿

學歷：□1.小學 □2.國中 □3.高中 □4.大專 □5.研究所以上

職業：□1.學生 □2.軍公教 □3.服務 □4.金融 □5.製造 □6.資訊 □7.傳播 □8.自由業 □9.農漁牧 □10.家管 □11.退休 □12.其他＿＿＿＿＿＿＿＿

您從何種方式得知本書消息？

□1.書店 □2.網路 □3.報紙 □4.雜誌 □5.廣播 □6.電視 □7.親友推薦 □8.其他＿＿＿＿＿＿＿＿

您在哪裡購買本書？

□1.金石堂（含金石堂網路書店） □2.誠品 □3.博客來 □4.何嘉仁 □5.其他＿＿＿＿＿＿＿＿

您喜歡閱讀的小說題材是？

□1.浪漫 □2.推理 □3.恐怖 □4.歷史 □5.科幻/奇幻 □6.冒險 □7.校園 □ 8.其他＿＿＿＿＿＿＿＿

您最喜歡的小說作家？

華人：＿＿＿＿＿＿＿＿ 國外：＿＿＿＿＿＿＿＿

最近看過最好看的小說是哪一本？

＿＿＿＿＿＿＿＿＿＿

Goosebumps®

Goosebumps®